徳間文庫

悪意のクイーン

井上　剛

徳間書店

目次

第一章

1

ひっ、と思わず小さな叫び声を上げた。

適温のシャワーに安心して髪を晒《さら》していたのに、それがいきなり冷水に変わったのだ。

まだ夏の名残《なごり》が色濃い九月だから、初めから水だと自覚して浴びるなら、その冷たさに驚くほどのことはない。しかし、シャンプー後の髪をすすいでいた湯が前触れもなく水になったのでは、即座に鳥肌が立つのも無理はなかった。

亜矢子《あやこ》は慌てて上半身をのけ反らせた。冷水が胸を襲う。すぐにバスチェアを引いてシャワーの下から避難し、給湯器のコントローラーに目をやった。

メインスイッチが切れている。

カランを捻《ひね》って水を止め、スイッチを入れてみた。ディスプレイに灯が入り、湯温が表示された。慎重にカランを戻すと、ちゃんと湯が出る。故障ではない。

亜矢子は呼出ボタンを押した。間延びしたチャイムがリビングで鳴る。スリッパの足音が近づいてきて、半透明の折りたたみ扉がうっすらと開いた。

「何？」

孝哉《たかや》が顔を半分だけ覗《のぞ》かせた。

「お湯、切らないでよ！　あたしがお風呂にいるの、わかってるでしょう？」

「ああ」孝哉はさして悪びれない声で答えた。「うっかりしてた。すまない」

亜矢子はなおも言い募ろうとしたが、孝哉はあっさり扉を閉じて去って行った。

ずきん、と頭の芯が痛むのを感じた。

夫は、自分に対する悪意があってわざと給湯器を切ったわけではない。それは亜矢子にも分かっていた。けれど、むしろ悪意でやられたほうがましかもしれない。それはまだ亜矢子に関心を持っている証だから。

頼まれたキッチンの片づけを渋々やっていた。洗い物が終わったから当然のように給湯器の電源を切った。それだけなのだ。妻が風呂場で湯を使っている、という当たり前のことに気が回っていない。意識から抜け落ちているのだ。

どんよりした仕種《しぐさ》で髪をすすぎ終え、湯船に浸かろうとした時、誠哉《せいや》の泣く声が聞こえてきた。身動きを止めてしばらく耳を澄ませていたが、誠哉は泣き止まない。孝哉が世話をしに動く気配もない。

亜矢子は湯船を諦めて風呂を終え、大急ぎで体を拭いてリビングへ戻った。

孝哉は紺色のソファにだらしなく腰かけてテレビのスポーツニュースを見ていた。隣の洋間から聞こえる生後七か月のわが子の泣き声に気づきもしないように。

「誠哉が泣いてるの、聞こえてないの？」

胸に巻いたバスタオルを手で押さえながら、孝哉を見下ろして亜矢子は詰問した。授乳も離乳食も風呂の前に済ませた。いま泣いているのはオムツか、あるいはただ寂しがっているだけだ。そう説明してあるし、孝哉でも対応できる作業だ。

「君のほうがうまくやるから。風呂から出てくるのにそんなに時間はかからないと思ったしね」

孝哉はちらりと亜矢子を見上げただけで、すぐに画面に視線を戻した。亜矢子はため息をつく気にもなれなかった。

確かに自分も悪かったと思う。以前、孝哉がオムツを替えた時、陰部をきちんと清拭しなかったため後で酷く爛《ただ》れたことがあった。誠哉は痛がって激しく泣いた。苛立《いらだ》ちに任せて亜矢子は孝哉を難詰した。どうしてその程度のことができないのか、あなたには任せられない、と責めた。それ以来、ろくに育児を手伝ってくれない。

洋間のベビーベッドでは、水色のロンパースを着せた誠哉が全身をぐるんぐるんと捩《よじ》って泣き喚いていた。よしよしと声をかけながら新しい紙オムツを用意し、ベッドの柵を下ろしてロンパースのホックを外した。

オムツ交換にもすっかり慣れた。目をつぶっていてもできる。孝哉だって数をこなせばこの程度はできるようになるだろうに。

腰の部分の粘着テープを剝がしてオムツを開いた。たっぷりと排便している。左手で誠哉の頭を撫でてあやしながら右手でウエットティッシュを引き抜く。

ティッシュを誠哉の臀部《でんぶ》に宛がおうとした時、鼻の奥で痒《かゆ》みに似た感覚が起きた。むき出しの肩がぶるんと震え、亜矢子は全身を揺らして大きなくしゃみを吐き出した。

手が滑った。亜矢子の指先は大便の中に突き刺さった。

ようやく泣き止んだ誠哉の顔を見ながら、亜矢子は唇をわななかせた。髪の先から雫《しずく》がぽたりと落ちた。

2

渡会《わたらい》孝哉と知り合ったのは四年前、新宿のホテルで開催された大規模な異業種交流会だった。二十七歳の亜矢子は外資系の証券会社に勤め始めて五年目、一つ年上の孝哉はそこそこ著名なＩＴベンダーの社員だった。

経済評論家によるセミナーのあと、立食形式のレセプションでたまたま同じテーブルになった。儀礼的に名刺を交換したのがきっかけだったが、すぐに打ち解け、会が終わる時には翌週月曜に食事に行く約束が成立していた。

孝哉の外見は亜矢子の好みだったし、ほぼ同い年というのも彼女にとっては嬉しかった。仕事は巧くいっているらしく、孝哉は自信に満ち溢れていた。

ただ、そういった表面的な魅力だけに惹《ひ》かれたわけではない。亜矢子は自分がそんなに愚かでも軽率でもないと自負していたし、知性でも判断力でも進歩的な感性でも他人に後れは取らないと思っていた。

大学入学時に東京へ出てきてからの数年間でそれなりに恋愛を楽しみ、また傷つけ傷つけられる経験も積んだ。男の見てくれだけに騙《だま》されるような軽い女ではないつもりだった。

孝哉と話せば話すほど、彼の頭のよさが伝わってきた。誇ろうとしなくても自然とにじみ出てくるタイプの聡明さだった。また、料理や飲み物をサーブしてくれる仕種にも、ほどよい気遣いが感じられた。そういった内面の魅力も充分に把握した上で、交際に発展するであろう食事の約束を交わしたのだった。

何度か会って話すうちに互いの結婚観が話題に上るようになったのは、孝哉のほうでも亜矢子をそういう目で見ていたのだろう。

将来結婚しても、子どもは当面は作らない。妻となる女性の合意さえ得られれば、生涯子どもを作らなくても構わない。孝哉はそう言った。それは亜矢子の価値観とも大いに一致する考えだった。

「もし、奥さんがうっかり妊娠しちゃったら、どうするの？」

冗談めかして亜矢子は尋ねた。もう名前も覚えていないが、孝哉が当時行きつけだったバーのカウンターでの会話だったと思う。夜のデートを数回重ねてきて、互いの好意の探り合いみたいな状態からそろそろ脱したい時期だった。

「万が一のときは責任取るよ」

孝哉も冗談めかして答えた。

「責任って」

亜矢子は思わず噴き出した。

「ああ、そうか。結婚した後の話だから、責任も何もないな。ただ、奥さんがそれを望まない限り、避妊には完璧を期すつもりだよ」

「へーえ」

わざと興味なさそうに相槌《あいづち》を打ちながら、亜矢子は丸いグラスをくるくると回して中身を弄《もてあそ》んだ。

この男が完璧を期すと言い切るなら、それは虚偽でも過信でもないんだろうな、と素直に感じられた。それが心地よかった。

結婚や出産で職業人としてのキャリアを断念するような真似は真っ平ご免だ、と亜矢子は学生の頃から考えていた。就職先に外資系を選んだのもそういった因習に煩《わずら》わされる危険性を少しでも避けるためだった。

それでも、子どもを持てばある程度は軛《くびき》とならざるを得ないだろう。ならば、思い切り若い時期に出産を済ませてしまってから思う存分キャリアを積んでいくか、あるいは自分の裁量で仕事のペースを調節できるほどの地位を獲得してから遅めに出産するか、の二択が望ましい。前者の選択肢は、既に中堅社員として活躍中の亜矢子にとっては時機を逸していた。残るは後者しかないが、場合によっては生涯子どもを持たなくても構わない。

そんな亜矢子にとって、孝哉は打ってつけの相手だと言えた。

それから一年ほどの交際を経て、二人は自然な成り行きで結婚した。

亜矢子と知り合った頃、孝哉は数人の仕事仲間と独立して自分の会社を立ち上げることを計画していて、それは結婚直後に実行された。危険な賭けだと危ぶむ声もあったが、彼のそんな冒険心も亜矢子は好きだったし、いざとなったら自分の収入だけでも食べてはいけると計算していたから、自分の勤め先の系列であるベンチャーキャピタルに話を通して孝哉の会社への出資を引き出すなど、むしろ積極的に支援した。

結果、孝哉の独立は成功し、順調な滑り出しを見せた。その約半年後に東日本大震災が発生し、得意先のいくつかが事業規模を縮小するなどの奇禍に見舞われたが、どうにか乗り切り、後は拡大基調に乗った。

ほどなく二人は都内の高級住宅街にマンションを購入して移り住んだ。三階建てで十八戸という小規模なマンションで、各戸とも百二十平米ほどの広さを持ち、最新の設備を有し、ガレージも二台分ずつ宛がわれている贅沢《ぜいたく》な拵《こしら》えだった。二人の年代が普通に得られる収入ではおよそ手の出ない物件で、他の住人はそれなりの年配で生活に余裕のある夫婦がほとんどだったが、必要以上に濃厚な近所付き合いをせずに済むから却って楽でよかった。

何もかもが順風満帆だった。去年、予想外の妊娠をするまでは。

確かに孝哉は避妊に完璧を期していたが、人間のすることだから真に完璧ということはあり得ない。頭では分かっていたが、話が違うじゃないのと言って亜矢子はつい孝哉を責めた。

孝哉は心外だったのだろう。逆襲だとばかりに、彼はこともあろうに亜矢子の不貞を疑ってきた。避妊に失敗したことを咎《とが》められた彼が自分を取り繕うためにその場の勢いで口走っただけだとは百も承知だったが、許すことのできない発言だった。亜矢子は激しく抗議し、引っ込みのつかなくなった孝哉も態度を硬化させ、二人は口汚く罵《のの》り合った。

亜矢子は堕胎も考えたが、女としての本能がそれを許さなかった。とは言え、キャリアを半ばで放擲《ほうてき》する気は毛頭なかったから、最小限の出産休暇だけを取得するに留めるつもりだった。母親の育児を肩代わりしてもらう方策は、探せばいくらでもあると思った。

だが、孝哉は思いもかけないことを言い出した。

「いちど仕事を辞めて、育児に専念してくれないか」

亜矢子は耳を疑った。専業主婦になれというのか。

「どうして今になってそんなことを言うの？　理解できないわ。もし子どもができたら責任取るって言ったじゃない」

「言ったさ。だから、君が子どものことに専念できる環境を提供するじゃないか」

「あなたの言う責任って、そういうこと？」

押し問答になった。亜矢子も強硬だったが、孝哉も譲らなかった。最後には「離婚する」とまで言い出した。さすがにこの状態で離婚して子どもを育てながら働き続けるのは不可能だった。両親はまだ地元で現役で働いている。大した助力は望めない。

結局、亜矢子は折れた。会社の就業規則で決められた最長一年半の育児休職の間だけは育児に専念するところまで譲歩した。会社が公式に認めた休職なのだから、後々それを理由にキャリアを低く抑えられることはないはずだ、と自分に言い聞かせた。

誤算はまだ続いた。子どもを産み育てるのは二人の共同責任だから、と説いて、孝哉には出産に立ち会わせたのだが、それがいけなかった。

出産後、誠哉と名づけた息子はベビーベッドに寝かせ、亜矢子と孝哉は従前どおり寝室を共にしていたが、いつまで経っても孝哉は亜矢子の体に触れてこなかった。最初のひと月ぐらいは、亜矢子の疲れを慮《おもんぱか》っているのか、あるいは出産時の性器の傷が回復するのを待っているのかと思ったが、さすがに二か月に及ぶと亜矢子も不審に感じた。

「もしかして、遠慮してる？　セックス」

「そんなことないよ」

孝哉はぶっきらぼうに答えた。

「体型も努力して元に戻したつもりなんだけど、何かお気に召さないことがあるのかしら」

「その気になれないんだよ」

「どういうこと？」

ＥＤさ、と孝哉は言った。立会い出産で見たものがショックで、それ以来、亜矢子を見ても性的に興奮することがなくなったのだと。

「女をバカにしてるの？」

亜矢子は色を為《な》して詰問した。

「できないものはできないんだよ。勃たないんだから、仕方ないじゃないか。女にはわからないだろうけどさ」

性器の挿入だけがセックスではないと亜矢子は思ったが、勃起しないことの悲哀は女には分からないと言われては返す言葉がなかった。

誠哉の世話をしている間はさして気にならないが、それでも時おり、亜矢子は自分の内側の健康な性欲を持て余すことがあった。それは慣れない育児と相まって亜矢子の精神を疲弊させた。

しかし――

いま亜矢子を最も悩ませているのは、夫でも息子でも内なる自分でもなかった。

岩佐麻由《いわさまゆ》。近所に住むひとつ年下の〈ママ友〉が、頭痛の最大の原因だった。

3

妊娠中の検診や妊婦を対象としたさまざまな講習会などで、同じ産院に通う予定日が近い妊婦たちの間では自然とコミュニティが形成されていく。亜矢子も例外ではなく、何人かの妊婦と知り合い、何くれとなく話すようになった。

麻由はそのうちの一人で、年齢が近く、同じ初産ということで、特に情報を交換することが多かった。

声をかけてきたのは麻由のほうだった。

「はじめまして！　今日からお友だちになりません？」

唐突な言い草に亜矢子は戸惑った。友人関係というのは接しているうちに自然と成立していくもので、ビジネスのカウンターパートみたいに意図して取り結ぶものでもないだろう。しかし、産院という場ではそんな感覚はドライに過ぎるのかも知れない、と思い直し、その申し出を受けることにした。

「ええ。よろしくお願いします」

「またまたぁ、硬いんだから」

麻由はコロコロと笑い、笑い終えないうちに問いかけてきた。

「いま何か月？」

「五か月です」

「へーえ、じゃあ同じぐらいね。一人目？」

「ええ」

「そうなんだ。あたしもなの。ねえねえ、このワンピース、どこで買ったと思う？」

いきなり話題が変わったことに面食らいながらも、亜矢子は素早く麻由の出で立ちに注意を向けた。ゆるゆるのドレープに右下がりのイレギュラー・ヘムラインをあしらった葡萄《ぶどう》色のワンピースは、産院に着てくるような服ではないと亜矢子には感じられた。大きなワイヤ型ピアスも、エルメスのオールレザーのトートバッグも、肌の露出の多いオープンバックのパンプスも、むしろ昼下がりのガーデンパーティーにでも似つかわしい装いだ。

とはいえ、観察したところで、それらをどこで購入したかなど分かるはずもない。亜矢子は答えかねた。しかし、亜矢子の返答を待つまでもなく、麻由は発言を重ねてきた。

「これね、通販サイトなの。いいサイトあるのよ。すっごく安いの。でも安いけどオシャレで、ぜんぜんチープじゃないの。コーデしやすいデザイン揃ってるし」

亜矢子は「はあ……」と相槌を打ちながら、麻由の質問は答えを求めていたわけでなく、単に自分が話したいことの予告だったのだと理解した。

「特にこれ、ほら、切り返しがバストのすぐ下だから、ふつうだとちょっと野暮ったく見えるんだけど、今お腹大きいからラクでちょうどいいの。いかにもマタニティウェアって感じでもないし、ほら、お腹重い分だけ気持ちを軽くしたいじゃない。今しか似合わない服って、着とかなきゃ損だし」

まだワンピースの話題が続く。ごく普通のセーターにマタニティタイツ姿の亜矢子は、着ている物があまりにプレーンなことを暗に非難されているのだろうかと疑った。

「そうなんですか。今度、そのサイト、教えてくださいね」

亜矢子はそう言った。自分が麻由の話す内容に関心を持ったことを示しながら、〈今〉ではなく〈今度〉教えてほしいと表現することで、暗に「別の話題に切り替えたい」という提案をしたつもりだった。

麻由はぱあっと明るい表情を見せた。

「いいわよ。あたしも人から教えてもらって、それが誰かっていうと、通ってるヨガ教室のインストラクターさんから教えてもらったんだけど、そこってマタニティヨガのコースが有名で」

今度はヨガ教室の話題がしばらく続いた。その後も麻由の話題はフォークダンスのパートナーのようにくるくると移行し、知り合ったばかりの人間が最初期に交わすであろう自己紹介の話題になったのは二度目に会った時だった。

これ以降、産院で出会うたび、亜矢子は麻由との会話に妙な疲労を覚えることになった。

麻由の住まいは亜矢子のマンションから少し坂を下ったところにある高級住宅街だという。そこは新興の住宅地ではなく、それなりにリッチな階層の住民が古くから住んでいる街並みだった。

亜矢子がその住宅街に抱いていたイメージは、単に裕福な階層というだけではなく、文化的な事物に造詣が深く知性豊かな、言い換えれば亜矢子自身がそうありたいと考えている人々が住んでいる街、というものだった。だが、麻由の言動や振る舞いは、そのイメージからはいささか隔たっていた。

「うわあ。亜矢子さん家《ち》って、坂の上のあの億ションなの？」

産院の談話室のソファでの会話で互いの住まいを説明した際、麻由はそう聞いてきた。

「億ってことはないけど……」

「旦那さん、すっごく稼いでるのね。何関係？」

「IT。いちおう、小さなオフィスを経営していて、メインはウェブの」

「社長夫人なのね！　すっごいの」

亜矢子が説明を終えないうちに、麻由は館内に響き渡る大声で言い被《かぶ》せてきた。褒めているのか揶揄《やゆ》しているのか判別に困った。

「麻由さんこそ、あの一帯って昔から高級住宅街だって言われてる、由緒ある区画じゃない？」

「ああ、まあそうだけど。旦那の親がすごい土地持ちなのよね」

結婚の際、義父母が所有していた土地にぽんと自宅を新築してくれたのだという。

「優しいご両親ね」

亜矢子が言うと、麻由は口角を上げてイッと歯を剝き出しにした。

「じぶん家《ち》の隣の敷地なのよ？　監視しようってのがミエミエで嫌んなっちゃう。最初は同居だって言われたの。ふざけんなってカンジ」

言葉のひとつひとつがいちいち癇《かん》に障った。けれど、同じマンションには仲間となり得る条件の住人がおよそ皆無である亜矢子にとって、妊婦という同じ立場の女が指呼の距離に住んでいるという事実は、確かに心強かったから、麻由と強いて事を構えないためには適当に愛想笑いで応じるしかなかった。

ただ、一つだけどうしても我慢できなかったのは、麻由が煙草を吸うことだった。

会話の途中で、麻由は「ちょっと」と言い置いて不意に席を外すことがある。数分経って戻ってくると、吐く息や衣服から煙草臭が漂ってくるのだ。

その産院は基本的に禁煙なのだが、妻の通院の付き添いや父親教室などで来院する夫のためを考えてか、一箇所だけ喫煙コーナーが設けられていた。そこへ行っているらしい。

亜矢子自身はもちろん吸ったことはない。孝哉も非喫煙者だし、亜矢子の職場も完全禁煙だったから、わずかな臭いだけでも亜矢子はむせそうになる。

ましてや今は、お互い妊婦の身だ。

「煙草はやめたほうがよくない？」

亜矢子は当然のようにたしなめた。しかし麻由はあからさまに不快そうな顔で、

「ああ、大丈夫よ。妊娠してからは肺まで入れてないもん。それに、旦那の前では吸わないから、バレてないし」

と言い、

「でも、どうしてわかるの？　臭いも煙もすっごく薄いやつなのに」

と不思議そうに聞いてきた。分からないほうがどうかしていると亜矢子は思った。

いよいよ出産が近づいた今年の二月、短期間の入院をした時も、麻由には悩まされた。その産院は個室入院が原則だったが、亜矢子が入院した時はたまたま個室の空きがなかった。その場合は一時的に相部屋に入り、個室が空き次第予定日が早い妊婦からそちらへ移ることになっており、そのための二人部屋がいくつか用意されていた。亜矢子と麻由は予定日が近く、入院するタイミングも同時になり、まる二日間を同じ部屋で過ごすことになったのだ。

亜矢子が着替えてほっとひと息つく暇もなく、数名の若い女が賑《にぎ》やかに語らいながらかずかと部屋に入ってきた。麻由の友人たちだった。

産院の中、それも同室者のいる相部屋だというのに、彼女たちは麻由を囲んで声高に喋り、笑い、騒いだ。カーテン程度では到底防ぐことはできなかった。来訪者のうち何人かは子ども連れで、その喧噪《けんそう》も加わっていた。

話題といえば、普段麻由に聞かされているようなファッション、コスメグッズ、カフェランチ、そしてまたファッションといった具合にとめどなく移り変わる。そして、よく笑う。誰もかれも麻由と同じく、笑い終えないうちに次の発言に移る。笑いと発言とがシームレスに延々と繰り返される。

基本的には何ごとにつけても自信家の亜矢子だが、初めて経験する出産にはさすがに不安が先に立っていた。落ち着かない精神状態にあって、彼女たちの存在は苦痛以外の何物でもなかった。

「ねえねえ、そっちに他の人いるから、あんまり騒がないでくれる？」

途中で麻由が注意したが、ケラケラと笑いながらの発言で、真剣さは感じられなかった。応じる友人たちも、

「うっわー、麻由さんマジだ」

「妊婦さんって別に病気じゃないんだし、そんな気い遣わなくていいじゃない。麻由さんもこんなゲンキなんだし」

などと言い、またケラケラと笑うのみだった。

小一時間の訪問の後、彼女らは帰って行った。ほどなく麻由がカーテンを少し開けて、

「騒がしかったでしょ。ゴメンね」

と声をかけてきたが、あまり悪びれていなかった。

麻由の友人たちは翌日も現れた。その次の日はお互い個室に移ることができたが、廊下をはさんでほぼ真向かいの部屋だったので、彼女らの姦《かしま》しい話し声は廊下を隔てても充分に聞こえた。

対照的に亜矢子の周りは終始一貫して静かなもので、見舞いに訪れたのは夫の孝哉を除

けば、古くからの友人である泉尾志穂《いずみおしほ》だけだった。

志穂が亜矢子に会いに来たのは出産の翌々日だった。

「お久しぶり。アヤ、お疲れさま」

個室の扉が開いて志穂が顔を覗かせた時、亜矢子は一瞬体を硬直させ、ほっと胸を撫で下ろした。

「わざわざ来てくれたのね。ありがとう」

亜矢子が礼を言うと、志穂はクリーム色の小さな紙袋をかざして見せた。

「差し入れ、っていいのかしら」

「いいんじゃないの。妊婦さんは病人じゃないんだし」

笑いながら言い、どこかで聞いた台詞《せりふ》だと思って苦笑した。

慣れない授乳を終えたばかりで少し疲れていたが、亜矢子は急いで上半身を起こした。

「無理しないで、アヤ。横になってなくていいの?」

「平気よ。今も言ったでしょう。病人じゃないんだから」

志穂の前でだらだらと寝そべっていたくはない。そんな弱々しい姿を見せるのは嫌だ。

「でも志穂、こんな……平日の昼間によく来られたわね」

言いよどんだのは今日が何曜日なのか咄嗟《とっさ》に思い出せなかったからだ。休職してほんの一か月ほどなのに、もう曜日感覚が磨耗しはじめている。

「外回りの途中で立ち寄ったの」

「そんなことしていいの？」

志穂の勤め先は都内の出版社で、女性向け月刊誌の記者をやっていると聞いていた。

「バレないバレない。これだって取材の一環といえば一環だし。『定番スイーツの魅力再発見』とか何とか、一本ひねり出すわ。ここに置くね」

志穂は笑いながらベッドサイドに来て、紙袋を冷蔵庫の上に置いた。動き易そうなパンツスーツ姿がよく似合っていて、いかにも「仕事中です」といった雰囲気を演出している。

ありがとう、と小さく言いながら、亜矢子は今日が水曜日だったか木曜日だったか、必死に思い出していた。

「赤ちゃんは？」

「新生児室よ。ここ、完全母子別室なの」

「ああ、廊下の奥の、あのガラス張りのところがそうなのね。なんか、騒がしかったけど」

「騒がしい？」

亜矢子は尋ねたが、すぐに分かった。例によって麻由の友人たちがやって来ていて、連れ立って新生児室の前へ行き、ガラスの向こうに並ぶ保育器を指差しては、あっ動いた動いただの、誰それに似ているだの、お猿さんみたいアハハハだの、賑やかに喋っているのだろう。

「後で見せてもらっていい？」

「ええ。後でね。座って、志穂」

亜矢子は椅子《いす》を勧め、志穂は頷いて腰を下ろした。

「でも、つくづく、アヤがこんなに早くお母さんになるなんて、予想外だったわ。それも、長期でお仕事休んじゃうなんて」

「まあね」

亜矢子は答えを濁した。

「でも、アヤらしいって言えばアヤらしいかも。いつでもわたしたちの先頭切って走っていくのが、アヤだったものね。わたしなんて、赤ちゃんどころか結婚相手だって全然だし」

「焦ることないわよ」

「そうかな」

会話を続けながら亜矢子は、志穂がこちらを値踏みしているような視線で見ていないかどうか、懸命に推し量っていた。

「ああ、でも志穂と話すとほっとするわ」

「どうしたの、急に」

「見たんでしょう、新生児室の前でがやがやってた集団」

「ええ。お知り合い？」

亜矢子は麻由とその取り巻きについて簡単に説明した。

「ご近所に同期の産婦さんがいたら、心強いじゃない？」

「それは確かにそうなんだけど、ちょっとね。なんか、知性が感じられないというか」

「相変わらずキツいこと言う」

志穂は苦笑した。

「でもアヤ、ここで知り合うまで、ご近所にそういう人がいるって知らなかった？」

「区画はちょっと離れてるし、それに仕事が忙しくてご近所付き合いまで気が回ってなかったしね。五か月ぐらいの時かな、知り合いになったのは」

「ご実家に戻って産もうとは思わなかったの？」

「まあね」

亜矢子もそれは考えないではなかった。しかし、頼りたくはなかった。企業人としてのキャリアを一時的にでも中断する以上、その期間に行う出産と育児についても、仕事同様、きちんとやり果せることができると証明したかった。夫や、実家の家族や、職場の同僚や、そして他ならぬ自分に対して。

亜矢子の曖昧《あいまい》な返答をどう解釈したのか分からないが、志穂は「それもアヤらしいわね」と微笑《ほほえ》んだ。それから、

「ということは、ますますその麻由さんがキーパーソンになるかも知れないわね。アヤの育児生活の」

「ママ友ってやつね。ああ、自分がそんな言葉を口にするなんて思ってもみなかったわ」

「アヤならちゃんとできるって。育児も、ママ友付き合いも。どんなことでもみんなの目標だったアヤなら」

「そんなの、昔の話よ」

亜矢子は苦笑しながら、退院後の麻由との付き合いを予想して暗い気分になった。

結果は、予想通りになった。

4

「でさ、先月のミニミニピクニックの時、ヒイロくんママが持ってきたケイト・スペードのベビーバッグあったじゃない？　大っきなドット柄の。あれ、久しぶりに見てさ、ああたしもあれ買おうと思ってたの思い出しちゃった。今なら安いかも」

酒井梨花《さかいりか》が目を見開いて言う。毛足の柔らかいカーペットの上で横座りした膝の上では、娘の真里亜《まりあ》が一歳児らしい仕種でくるくると甘えている。梨花は娘に邪魔されないように、手にしていたハーブティーのカップを顔の高さまで持ち上げた。

「そうそう、覚えてる覚えてる。あのベージュ色の」

梨花の発言が終わるか終わらないかのうちに、児島映子《こじまえいこ》が素早く応じた。膨らみが目立ちはじめた腹部をそっと撫でる。三か月後には彼女も母親だ。

「あれベージュじゃなくて一応ブラウンなんだけどぉ」

ちょっと得意そうな、ちょっと不満そうな奇妙な口調で、〈ヒイロくんママ〉こと松坂《まつざか》翔子《しょうこ》が説明する。英雄と書いてヒイロと読ませる彼女の息子はもう一歳半。ここにいる子どもたちの中では最年長で、重い頭を前のめりに傾けながらあたふたと大人たちの周りを駆け回り、肩を叩いたり髪を弄《いじ》ったり、あるいは庭に面した掃きだし窓に駆け寄って遮光ガラスに手のひらをバンバンと打ち付けたりする。

「そうだっけ」

「そうだよぉ。あれ、うちのヒイロが生まれた時、パパが買ってくれたんだけど、なんかもったいなくて、汚しちゃイヤだなぁとか思って、ほとんど使ってなかったの」

「あれさ、同じの持ったらヒイロくんママに悪いなあと思って、でも色違いっていうのもそれはそれでわざとらしいかもって思って、どうしようかなって、それで放置プレイしてたんだ」

「気にしないよぉ。お出かけのとき、マリアちゃんママが前もって言ってくれたら、違うの持ってくるしぃ」

「それ気にしてるって言わない？」

「言うかなぁ」

「言う言う」

アハハハハ。一同に笑いが巻き起こる。

亜矢子も乗り遅れないように笑顔を作った。「積極的に発言はしないがその話題に関心は持っている」という態度を維持するのは、ひどく疲れる。

笑いの潮が引く前に梨花が続ける。

「じゃあさ、今さらだけどあたしもねだろうかな、うちの人に。ちょびっと景気上向いてきたから、今だったら買ってくれるかも」

「そうそう、買いなよ買いなよ。で、使わなくなったら貸して」

映子がテーブル越しに両手を差し出す。

「でも、あんな大きなドットだと、着るもの合わせるの大変じゃない？　柄と柄がケンカするっていうか。持ってる人のセンス要求されるわよね」

麻由がどことなくつっけんどんな言い方で口を差し挟んだ。傍らに置かれたクーハンの中では、永大《えいだい》と名づけられた男の子が姦しい会話をものともせずすやすやと眠っている。同じ日に生まれた誠哉は、今でこそ肩にかけたベビースリングの中で大人しくしているが、下ろすとすぐにむずかって泣き始めるから容易に手放せない。まだ体重が七キロ程度だからいいようなものの、これがいつまでも続くようなら肩こりの悪化は免れないだろう。

「ああ、ほんと麻由さん言うとおりかも。顔立ちもきっちりした人じゃないと、せっかくのドットがぼやーってしてしまうかも」

梨花が慌てた口調で麻由に賛意を示した。麻由は口を軽くへの字に曲げて「でしょ？」と返す。

「麻由さんならよく似合うと思うわ。何着ても、何持っても」

篠原《しのはら》みのりがすかさず持ち上げた。胸もとでは娘のもなみがしきりに自分の手を見つめては口に入れてしゃぶる、といった動作を繰り返している。誠哉と永大より一日早く生まれた彼女を支えているのは、麻由から譲り受けたというグッチのベビーキャリアだ。「もらいものだけど使ったことないのよ。あたしグッチ好きじゃないから気にしないで」と嘯《うそぶ》いたのを亜矢子は覚えている。みのりが心底嬉しそうに何度も「ありがとう」と言っていたことも。

「そんなことないわよ」

麻由は軽く受け流すが、口の端に笑みが浮かんだ。

麻由の自宅のだだっ広いゲストルーム。雲形定規のようなガラストップのテーブルを囲んで集《つど》っているのは、〈ママ友仲間〉だ。ただ、出産を経験していない者も二名含まれているから、厳密には〈ママ友〉だけで構成されているわけではない。

中心となっているのはもちろん麻由で、メンバーのうち四人は以前からの麻由の友人だ。梨花、翔子、映子の三人は産院に押しかけていた騒がしい面々で、亜矢子も見覚えがあった。普段の会話もこの三人が主導することが多い。

残る一人は、この家で初めて見知った顔だった。日野時恵《ひのときえ》というこの女は、騒がしい一同の中では例外的に落ち着いた雰囲気を有していて、積極的には喋らず、時おり遠慮がちに会話に入ってくるのが常だったが、それは彼女が妊娠も出産もまだ経験していないためかも知れない、と亜矢子は推察している。今日もテーブルのいちばん下座に座り、先ほどからのバッグ談義にも適度な相槌を差し挟むだけで凌《しの》いでいた。

麻由を囲むこの四人に加え、麻由と同時期に同じ産院で出産したみのり、そして亜矢子。総勢七名のママ友仲間の集いだった。

年齢層も似通っており、産婦仲間のみのりが三十四歳と最年長で、梨花、翔子、映子の三人は普段の会話から察するに麻由の二つ下の二十八歳らしい。時恵は落ち着いた物腰のせいもあって第一印象では自分よりやや年上かと亜矢子は思ったが、後で聞くと同い年だと分かった。

このコミュニティが今の形になったのは、二か月ほど前のことだ。

産院を退院した後、麻由とは時おりメールや電話でやり取りをし、お互いの子どもの様子を報告したり、育児について軽い相談をしたりしていたが、頻繁に顔を合わせていたわけではなかった。それぐらいの距離感が亜矢子にはちょうどよかった。

だが、誠哉が生後五か月を迎えた頃、麻由は「一緒に公園デビューしよう」と誘ってきた。麻由の家がある街区の外れに小ぢんまりとした公園がある。そこへ繰り出そうというのだ。

亜矢子はそれまで誠哉には、生後二か月からベランダに日陰を作って外の風に当てるようにし、首が据わった頃からは雨の日を除いて毎日一回ベビーカーや抱っこ紐《ひも》で散歩をさせていた。ただ、麻由の言う公園のことは知っていたが、散歩でそこへ足を向けることはなかった。公園へ行くには坂を下りなければならない。急坂というほどではないが、乳児を抱えて万が一のことがあっては困る。正当な理由だった。

しかし、直接誘われたのでは断る理由がなかった。

〈みのりさんも誘ったんだ。三人一緒なら、いかつい先輩ママさんがいても怖くないでしょ？〉

勧誘のメールにはそう書かれていた。

みのりは亜矢子とは違い、産院で麻由とすっかり意気投合していた。どこに住んでいるのかは聞かなかったが、麻由同様、徒歩の距離に住んでいるのかも知れない。

梅雨明け直後の日差しが強烈な日で、日傘が手放せなかった。片手でベビーカーを押して坂を下りるのは緊張した。

会社での習慣どおり集合時刻の五分前に着いたが、あとの二人はまだ来ていなかった。

麻由が言うところの「いかつい先輩ママ」の姿も見当たらなかった。

公園は、かつてはちゃんとした児童公園だったのだろうが、現在では遊具がすっかり撤去され、花壇と遊歩道を除けば単なる空き地と化していた。

木陰を見つけてベビーカーをそこへ停めた。麻由とみのりが来たのは、約束の時刻をさらに五分ほど過ぎてからだった。

「暑いわねえ。お散歩なんてやってられないって感じよね」

来るなり麻由はそう言い、さも当然そうに亜矢子に告げた。

「うちに来ない？　お茶でも飲みましょうよ」

傍らではみのりがうんうんと頷く。二人の間ではすっかりそういう話が出来上がっているらしかった。

行けば短時間では済まない予感がした。

「初めての遠出だから、早めに帰るつもりをしてたんだけど……」

亜矢子はベビーカーの中でもそもそ動く誠哉を見てそう答えた。やんわりと断ったつもりだった。

「あら、大丈夫よ。うちにもこの子がいるから、赤ちゃんのお世話グッズは揃ってるわけだし」

亜矢子の躊躇《ちゅうちょ》の理由に気づかないのか、気づいていても知らぬふりをしているのか、麻由は亜矢子の懸念を勝手にそう決めつけて、「じゃあ、行きましょう」と有無を言わさず歩き出した。みのりはすぐに付き従い、亜矢子ひとりその場を逆方向に立ち去るわけにはいかなくなってしまった。

どうやら麻由は公園デビューなどするつもりはなかったようだ。最初から自宅に誘えばいいのに、と亜矢子は思った。それなら理由をつけて断ることも可能だったろう。わざわざ公園デビューにかこつけて外へ呼び出したのは、ベビーカーを見せびらかしたかっただけなのかも知れない。麻由が押していたのは、先ごろイギリス王室のキャサリン妃がロイヤルベビー出産に備えて購入したことで話題になった、オランダのバガブー社の製品だった。

麻由の自宅は、豪華と瀟洒《しょうしゃ》が絶妙にマッチした二階建てだった。敷地は百坪ほどだろうか。門扉から玄関までのアプローチの両側は手入れの行き届いた英国風の庭で占められている。麻由が言ったとおり、隣はさらに広い敷地に風格ある和風の寄棟《よせむね》の家が建っていた。これが麻由の夫の実家なのだろう。

麻由の家に入ると、段差の低い玄関ホールを上がってすぐ右手に巨大な洋間があって、そこへ招じ入れられた。部屋の中では、既に四人の女が待ち受けていた。

初めまして、よろしく、と口々に声をかけてくる麻由の友人たちに挨拶《あいさつ》を返しながら、亜矢子は泥の中にずぶずぶと沈みこんでいくような錯覚を覚えた。

それから二か月、週に一度あるいは二度、こうして集まって他愛もない会話で二時間ほどを過ごしている。

話題はいつも代わり映えしない。今はママバッグやベビーバッグの話題が続いているが、確か二週間前にも同じ話題をさんざん貪《むさぼ》ったはずだった。記憶力には多少の自信があるから、前回どんな会話がなされたか亜矢子は覚えている。その時と比べて新しい情報はほとんど加えられていない。そんな繰り返し。

いつまで続くのだろうか。

麻由が思い出したようにポンと手を打った。

「ああ、でも荷物多いときの普段使いだったら、ゴヤールのサンルイがいいわよね。軽くて丈夫でなんでもぽんぽん放り込めるけど、みすぼらしくないし」

まだ続くらしい。

「あたしグリーン持ってるぅ」

翔子がサッと手を挙げた。

「なんでそんなババくさい色なの？」

梨花が笑いながら問う。何人かが呼応して笑った。

「そうかなぁ。でもババアになっても使えるからいいじゃない。安かったしぃ」

翔子が不貞腐《ふてくさ》れたような声で言い、言いながら自分で笑う。

「そんなに安かった？」梨花が不思議そうに尋ねた。「いくら？」

「んっと、二万円ぐらい、だったかなぁ。もっと安かったかなぁ。ネットの通販で買ったの。麻由さんに教えてもらったの、そのサイト。すんごく重宝してて」

「何それ何それ。どうしてあたしには教えてくれないの、麻由さん」

「映子には聞かれなかったから」麻由は意地悪く笑って答えた。「あとでメールしてあげるわ、サイトのアドレス」

「お願いよ。あ、亜矢子さんとみのりさんも教えてもらう？」

映子が亜矢子とみのりの顔を当分に見た。みのりは「あたしもお願い」と即座に返答したが、亜矢子は「え、あ……」と言いよどんでしまった。別のことを考えていたからだ。

彼女たちが話しているゴヤールのトートバッグなら、正価は十万円前後だろう。アウトレットなどの理由《わけ》あり商品でも三万円台が相場で、二万円以下ということは考えにくい。おそらく、翔子が買ったというのはコピー品だ。

コピー品が一概に悪いとは思わない。問題は、商品を購入する際、その商品の何に価値を求めているのかを自覚できているかどうかだ。表面的な見栄を張るためだけに、それと分かってコピー商品を買うのなら構わない。けれど、実用を重んじるならよしたほうがいいだろう。

正規のブランド品にはそれだけの価値がある。パーツの裁断や縫製の丁寧さや正確性がコピー品とは全く違っていて、それらの積み重ねが大きな品質の差異となって現れるのだ。その品質が売価に見合うかどうかは買う者が判断するしかないが。

通販サイトの中には、堂々と「コピー品です」と銘打って販売している、ある意味良心的なものもある。しかし今の会話から判断して、麻由が探してきたサイトはあたかも正規品であるかのように謳《うた》っているようだ。

「麻由さん、そのサイトのことだけど」

亜矢子は呼吸を整えて口を開いた。

「ああ、亜矢子さんにもメールで送るわね」

「そうじゃないの。そこ、ちゃんと正規品って表示されてた?」

「別に気にしてなかったけど、それがどうかしたの?」

「もしかしたら、コピー品かもしれない。それも粗悪な」

言いかけて、口を噤《つぐ》んだ。麻由が不機嫌そうな目でこちらを見ている。

「安く買えるんだからいいじゃない。そんなの、ぱっと見じゃわかんないわよ。っていうか亜矢子さん、ガッチガチのブランド信者なの？」

笑顔で平静を装っているが、声は震えている。

しまった、と亜矢子は臍《ほぞ》を嚙んだ。良かれと思って情報を提供しようとしたことが、逆に反感を買う。この二か月の間に何度か経験したことだった。彼女たちの知識や教養を少しでも掘り下げる手伝いをじようと思っての亜矢子の発言は、ことごとく空振りに終わるのだ。

亜矢子が咄嗟に回答できず、その場全体の会話の流れが捩《ねじ》れそうになったその時、不意に時恵が口を開いた。

「それにしても、便利な世の中になりましたよね。通信販売で何でも買えるなんて。最近は生鮮食料品もネットで買えますし、もう家から一歩も出なくても生活できそう」

りん、と鈴が鳴ったような声に、一同は毒気を抜かれたように聞き入った。それを確認するように頷いてから、時恵はふいっと麻由のほうへ向き直った。

「そう思いません？　麻由さんも。また、いろいろ便利なサイト、教えてくださいね。わたしも、面白そうなのを見つけたらお知らせします」

「そうね」麻由も自然な表情に戻った。「せっかくこうして情報交換のために集まってるんだし」

「えぇー、ただの雑談じゃない」

翔子が混ぜ返し、また何人かがアハハハと笑った。それで、亜矢子が引き起こしそうになった嫌な雰囲気は雲散霧消した。

胸を撫で下ろした亜矢子は、時恵の横顔にそれとなく目をやった。時恵もそれに気づき、周囲のメンバーに悟られない程度の微かな目配せを送ってきた。

「あ、そうそう。通販って言えばさ」

笑いの潮が引かないうちに、映子が口を開いた。

「麻由さんが勧めてくれたアレ、よかったわ。なんか肌ツヤツヤになってきた。うちの人がわざわざそう言ってくるんだから、気のせいじゃないわ、これ」

「なんだっけ？　アレって」

麻由が問い返す。

「ほら、あの浄水器のセット。入会金ちょっと高かったけど、値打ちあったわ」

「ああ、そっちのことね。喜んでもらえて嬉しいわ。誘った甲斐《かい》があった」

「そっちって、どっちのことだと思ったの？」

映子がからかい気味に笑う。亜矢子はまた嫌な予感に襲われた。案の定、麻由は亜矢子に向き直り、不思議そうな顔で声をかけてきた。

「亜矢子さん、入会の件、考えてくれた？　そろそろ返事聞かせてもらえないかしら」

やっぱりこの話か、と亜矢子は気が滅入った。

先月から麻由は何とかいう家庭用浄水器とその周辺機器を買わないかとしきりに勧めてくる。パンフレットを押し付けられて亜矢子も吟味してみたが、類似の他社商品に比べて明らかに高い。購入後のメンテナンスやサプライ品の補充まで含めると、亜矢子が考える相場の倍近いコストがかかる。しかも、継続利用のためにはメーカーのご愛顧会員に登録する必要があるというのだ。

麻由が亜矢子に強く入会を勧めるのは、新会員を勧誘することでキックバックが入るからだ。映子や翔子たちもその目的で麻由が勧誘したらしい。ネズミ講というわけではないが、このシステムにも亜矢子は胡散臭《うさんくさ》さを感じている。

「今月中に亜矢子さんが入ってくれたら、すっごく嬉しいんだけどな」

麻由が続けた。口では「嬉しい」と肯定的な単語を使ってはいるが、口調には非難が混じっている。

――お断りします。

なぜ、即座に言い返せないのだろう。亜矢子は自分が不甲斐《ふがい》なかった。

職場にいる頃は、不適切だと思うことや自分の価値観に合わないものについては、周囲との軋轢《あつれき》など気にせず拒否できた。そんな自分の強みが、この主婦コミュニティに身を置いている間は全く発揮できない。

思えば、仕事では絶対に干されない自信があった。自分を失えば困るのは職場のほうだ、と固く信じることができた。けれど、今の主たる「仕事」である子育てにおいては、そこまでの強い自信が持てない。そのことが、このコミュニティからはみ出すことへの怖れに繋《つな》がっているのだろう。

亜矢子は、ちょうどむずかり出した誠哉をあやすことで、答えあぐねている自分をごまかすしかなかった。

「でも亜矢子さん」ふと時恵が話しかけてきた。「ほら、あのことはどうなりました?」

「あのこと?」

亜矢子と麻由が同時に問い返した。

「ええ」時恵は亜矢子に向かって目顔でほんのわずか頷いてから麻由に向き直った。「ほら、亜矢子さんのご主人、ウェブ関係のお仕事なさってますでしょう? そのお得意先に、健康食品を取り扱っている商社があるんですって。そこが宅配の水も扱ってらして、その関係で、類似の商品をお家で購入すると、ご主人の立場的に……」

時恵はすらすらと答え、答え終わると再び亜矢子に視線の合図を投げて寄越した。

「なあんだ、そんな事情があったの。だったら、最初からそう言ってくれたらよかったのに。あたしだって、亜矢子さん困らせるつもりはぜんぜんないんだし」

麻由は不承不承ながら納得した様子だった。

「ごめんなさい。つい言いそびれてしまって」

亜矢子はとりあえず謝っておいた。孝哉の会社にそんな得意先がないことはおくびにも出さずに。

謝りながら、時恵に向かって微かな視線を投げ返した。時恵は口角をほんの少し上げて応じた。

「あ、そういえばさ、ぜんぜん関係ないんだけど」

映子が口を開き、テレビドラマの話を始めた。それを機に、場の話題は芸能ゴシップの話に移っていった。頻繁に笑いが混じる会話に、亜矢子は引き続き適度に関心を持っている態度を装い、時恵は落ち着いた表情で相槌を打っていた。

時恵がいてくれれば、このコミュニティでも何とかやっていけるかもしれない。亜矢子はそう思った。

第二章

9/10(Wed)

いつもは夜の八時には工場から帰ってくるパパが、十時になっても帰って来なかった。だから晩ごはんはママと私と賢人《けんと》の三人だった。

パパの帰りが遅いことはたまにあるけど、なぜだか今日ははじめからイヤな胸騒ぎがしてた。

イヤな予感って、よく当たる。今日もそうだった。

パパが帰ってきたとき、私はお風呂も終わって、自分の部屋で勉強してた。理奏女《りそじょ》は中高一貫でエスカレーター式に上がれるから高校受験は必要ないけど、いちおう「足切り」があるらしくて、あんまりひどい成績だと進学できないことがあるみたい。私はそこまでひどくないけど、万が一ってこともあるし、それに、勉強は、まあ嫌いじゃないし。

ドアの音が聞こえたので、ああパパが帰ってきたな、と思ったんだけど、それからしばらくして、一階のリビングのほうからママの怒鳴り声が聞こえてきた。

何を言ってるのかは分からないけど、とにかくパパに対して何か怒っているってことだけは分かった。

ママは気が短いところがある人だけど、しょっちゅう怒鳴ったりする人じゃない。私は気になって、足音を立てないように一階に降りて、リビングのドアのすぐ手前で聞き耳を立てた。

「――ローンはどないするの？　子どもらの学費は？」

ママがまた怒鳴った。今度ははっきり聞こえた。

「すまん……」

パパの声は消え入るよう。

「なんでそんな……ほんまに、もう」

ママが呆れかえった声で言う。

パパが何か失敗したらしい。パパはおっちょこちょいなところがあるから、二人はよくこんな会話になることがあるけど、今日のママの声はふつうじゃない。

「断ったんちゃうの？　確かあなたそう言うたやないの」

「ええ話やと思ったんや……おまえにも事前に相談したやないか」

「そんなうまいこと行くの、て聞いたやない」

「そやけど、アカンとも言わへんかったやろ」

「よしんば投資するとしても、そんなに赤字になるまで続けてるなんて、思うはずないやない」

「途中でやめるわけにいかへんやろ、取り返さなアカンようになったんやから」

「そのあげくが、このざま？　だいたい、パパにそんな才覚あるわけないやないの。そもそも、最初からだまされてたんとちゃう？」

「そんなはず、ないやろ。ちゃんとした銀行からの提案やで？」

パパは防戦一方。

「ああ、ほんまどないしょう……」

ママが泣きそうな声を出した。最後は消え入るよう。こんな弱々しいママの声なんて、今まで聞いたことない。

なんだかよく分からないけど、大変なことが起きたってことだけは分かった。私は思わず身震いしてしまって、その時ひじがリビングのドアにこつんと当たってしまった。

「誰？　そこにいるの」

ママがきつい声に戻った。誰、って言っても、この家にはママとパパのほかには私と賢人しかいない。観念して、すごすごとリビングの中に入った。

「私」

「立ち聞きなんて、行儀悪いわよ」

「ゴメンなさい。なんか、深刻そうやから、つい。なあ、何の話やったん」

「子どもは気にせんでええの」ママがぴしゃりと言った。「早よ寝なさい。明日も学校やろ」

さっきまでの弱々しい感じは影も形もなかった。私はちょっとひるんだけど、それでも食い下がった。

「私らにも関係あることなんちゃうの？ さっきママ、学費が、とか言うてたやん」

ママは、パパと顔を見合わせた。二人とも何にも言わずに首を細かく横に振ったり縦に振ったりし合った。横が何を意味していて縦が何を意味しているのか私には分からないけど、ママとパパの間ではそれで通じてるみたいだった。

ママが、きゅっと厳しい顔をして言った。

「あんたはケンちゃんよりお姉ちゃんやから、本当のことを話しとくわ。全部やないけど」

すごく真剣な顔つきに、私はごくりとつばを飲み込んだ。

「お父さんが、お金で失敗して、大損してしもうたんや」

「ギャンブル？」

とっさに突っ込んだのは、こないだテレビで見たドラマでそういう話をやっていたからだ。

「そうやないけど、銀行の人に、うまい儲け話がある言うて勧誘されて、ほいほいそれにお金つぎ込んだら、えらい大損になってん。知らん間に工場も担保に入れて、えらいことお金借りたらしいわ」

工場の担保、っていうのはよく分からないけど、要するに借金ができてしまったということらしい。

借金って、どのくらい？　と聞こうとしたけど、それを聞く前にママが言った。

「そやけど、心配せんでええよ。あんたもケンちゃんも、何にも心配せんでええ。だから、早よ寝なさい」

ママは椅子から立ち上がって、私に近づくと、とつぜん、両腕を私の背中に回してきた。そのまま、ぎゅうっと抱きしめた。

「ちょ、ちょっとママ……」

そんなことされたのって、ちょっと記憶にない。私ははずかしくて、体をよじってママの手を振りほどこうとしたけど、ママは腕に力を入れて私を放さない。私は振りほどくのをあきらめた。

ママは左手で私の頭を抱えて自分の胸に押しつけ、右手で背中をさすり、「何にも心配いらんからね」と何度か言い聞かせた。なんとなく、自分に言い聞かせてるようにも聞こえた。

一分ぐらい、そうしていたと思う。

「さ、早いこと寝なさい」

ママはやっと私を解放してそう言った。パパも「おやすみ」と言った。それから、「賢人にはまだ何も言うたらアカンで」とも言った。私はコクンとうなずいて、「おやすみなさい」って答えて、二階の自分の部屋へ戻った。賢人の部屋の前を通るとき、なんだか胸がちくっと痛んだ。

9/11 (Thu)

ふだんどおり、元気いっぱいで登校した。

正直、ゆうべのママとパパの暗い顔を思い出すと、私もしょぼんとなっちゃいそうだけど、私が暗い顔して心配したところで解決できることでもないだろうし。

パパに借金ができてしまった。それもたくさん。返さなきゃいけない。それは、私ががんばったって仕方がないこと。私がやらなきゃいけないのは、毎日元気に学校へ行くこと！

もちろん、猫の手も借りたいっていうか、もし私がアルバイトとかして、ママとパパの助けになるんなら、私もがんばるつもり。それぐらいの覚悟はあるよ。もしそうなったら、ばち当たりかも知れないけど、ちょっと楽しみでもある。バイトなんてしたことないし。うちの中学は校則でバイト禁止になってるけど、きちんと話したら学校長も許可してくれるんじゃないかな。

とにかく、今日も一日明るく過ごしましょう！

……って思ってたんだけど、やっぱり表情に出ちゃうのかな。

「カツキ、どしたん？　なんか朝からいきなり表情暗いよ？」

教室に入るなり、ジュンジュンが小首かしげて呼びかけてきた。香月は正しくはカヅキって読むんだけど、「ヅ」が発音しにくいみたいで（実は私自身もそう）、昔からカツキって呼ばれてるので、今じゃカツキが本名みたいになっちゃった。ま、ジュンジュンだって、淳子って書いてアツコと読むんだけど、みんな間違えてジュンコって呼ぶから、それが定着しちゃったんで、似たようなもん。

それはさておき、ジュンジュンの指摘に私はどきっとした。

「えー、そんなことないよ?」

あわてててごまかしたけど、たぶん、顔に出てたんだと思う。

そこへミッチも近づいてきて、

「うんうん、目の下にクマできてる」

と、からかいながら言って、自分の顔の前で両手をグーにして、ねこパンチみたいなしぐさで「クマクマー」とおどけてみせた。

うむ。内心の動揺を見破られたか。まだまだ私も修行が足りない。

ジュンジュンもミッチも、私の数少ない親友。っていうか、他にあんまり親しい人っていない。なんか、理奏女の生徒たちって、私と住む世界が違うっていうか、どうしても気後れしてしまうんだ。

京都でいちばん由緒あるお嬢様学校だっていうのは入る前から知ってたし(というか、それに憧れて受験したんだけど)、ここまでとは思わなかった。今思えば、私なんかよく入れたなって思う。

一年生の時に知ったんだけど、入学には寄付金が必要だったんだって。裏口入学なんてことじゃなくて、ちゃんと入試で合格してても、それが払えないと入学が認められないらしい。

でも、ママもパパもそんなことひと言も口にしなかった。なんだか申し訳なくて、それをごまかすためにわざと「どうして言ってくれなかったの」って腹立ちまぎれにママに言ったっけ。そしたら、「子どもはお金の心配なんてしなくていいの！」と逆に叱られた。

それからもう二年。今の私は、あの頃より世の中のこともちょっとは分かってる。

うちの家なんて、本当なら理奏女にとってはお呼びじゃない。だって、クラスメートの家なんて、どっかの会社の重役さんとか、すっごく儲けてるお医者さんとか、弁護士さんとか、塾の経営者とか、そうかと思えば藤原氏まで先祖がさかのぼれる家とか、有名な議員さんの親戚の人とか、もうそんなのばっかり。特に、附属の小学校から上がってきた人に多い。

私みたいに中学から入ってきた人は、そんなでもないけど、それでもみんないいとこのお嬢さん。うちのパパなんて、いちおうは社長さんだけど、小さな町工場だもん。

でも、ずっとマジメにお仕事してきたから、たくさんの会社から注文もらえるようになって、工場も大きくなった。私が幼稚園の頃なんて、洋服も靴も自転車も、ぜんぶ静岡のいとこからのお下がりだったけど、今は、ちょっぴりぜいたくもできるようになった。理奏女の寄付金払えたのも、私だけじゃなく賢人も私立の洛英中学に通えてるのも、みんなパパとママのおかげ。

でも――

私が学校で、陰でなんて呼ばれてるか、私は知ってる。みんなは私に知られてないって思ってるかも知れないけど、私は知ってる。

成金、って言うんだって。

町工場の娘が理奏女に来たのが間違いなんだって。

そんな陰口言う人って、やること決まってるんだ。ブランド物のグッズとか、カバンとか、携帯電話とか、見せびらかすんだ。私の前で、私に見せるわけじゃなく、でも私に見えるように。

そんなことしたって、自分の値打ちが上がるわけじゃないのにね。

ジュンジュンもミッチも、そんなことはしない。私が孤立してても、気にせずつき合ってくれる。友達なんて、数の勝負じゃないよね。少数でも、ほんとうに信頼できる友達がいれば、それで私はいいんだ。

休み時間は好きな本を読んで過ごしてるし、お嬢様がたの輪に入れなくたって、問題なし。

そんなことより、今日気になったのは、ママのこと。

六時間目終わって、学校近くの本屋さんにちょっとだけ寄り道して、それから地下鉄の駅に降りた。電車が来たので乗り込んだんだけど、ちょうど反対側のホームにも電車が来て、ママが降りて来たんだ。まさかと思って見直したけど、ママを見間違えるわけない。すぐに降りて声かけようとしたけど、ぴしゃんとドアが閉まっちゃったから、無理だった。

どうして、あんな時間、あんなところにママがいたんだろう。

それに、なんだか、ママすごく暗い顔してた。

ママは六時半ぐらいに帰ってきた。晩ごはんの時、「今日、学校に来てた?」って聞いたけど、「行ってないわよ」と軽く否定された。

でも、あれはウソだと思う。

ママが学校に来ていたとしたら、理由は、私のことしかない。すごくイヤな予感がする。

9/12(Fri)

朝、学校行くと、教室に入る前からジュンジュンとミッチが駆け寄ってきて、廊下で通せんぼみたいなジェスチャーをした。

「カツキ、ストーップ!」

「どしたの?」

私は笑いながら腰をかがめた。二人がふざけてるんだと思ったから、こっちもノリを合わせようと思って、アメフトの選手が敵をよけて走り抜ける、みたいな芸をやろうとしたんだ。

でも、二人の目は真剣だった。

「ジュンジュン、犯人探しはもうええから、消してきて！」

ミッチが鋭く言い、ジュンジュンが「うん！」と答えて教室の中へ駆け込んでいった。

「なになに、何なん？」

私はまだ笑いながらミッチの横をすり抜けようとした。ミッチが「待てっ！」と私を抱きかかえる。私もようやく、様子がおかしいと感じはじめた。

「放して、ミッチ！」

ミッチの腕を振りほどいて、私は教室へ駆け込んだ。

クラスメートたちの視線がいっせいに集中した。「来た来たー」と何人かが声をあげる。右側を振り向くと、ジュンジュンが思いっきり背伸びして、黒板消しを持った右手をものすごい勢いで振っていた。チョークの白い粉が風雨みたいに舞う。

黒板には一面に大きな文字が書かれていて、それもご丁寧に白と赤と黄色を重ねた太い文字で書かれていて、ジュンジュンが必死で消していてもまだ下半分が残っていた。

成金さん退学おめでとう。

そう書いてあった。

「見るな！」

ミッチが私の背中から両手を伸ばして目隠しした。そして、

「誰なん、こんなこと書いたの！」

と大声で叫んだ。

誰も答えない。

私は、「もうええよ」と言ってミッチの両手を自分の顔からどけた。教室の中を見回すと、みんな興味なさそうに知らん顔してる。

「カツキ、ごめん」

ジュンジュンが教壇から降りてきた。顔も制服も粉だらけだ。

「書いたヤツ、見つけてとっちめたろ、て思たんやけど……」

「ええよ、別に」

誰が書いたかなんて、関係ない。おんなじこと思ってる人はたくさんいるんだろうし、直接書いた人を特定したって、何にもならない。

私は二人に「ありがと」って言って、そ知らぬ顔で教室のいちばん後ろの自分の席に向かった。

「聞いた？　昨日、理事長に直談判したんだって」

私が通り過ぎるかたわらで、誰かが誰かにささやく。

「聞いた聞いた。『うちの娘を助けてやってください』とか言って床に頭つけて頼んだんやって。そしたら、理事長、何て言ったか知ってる？」

「えー知らない」

「『慈善事業でやっているわけではないのでね』ってさ」

「ああ、そらそうやわ。お金払えへん人がこの学校に来たらアカンわ」

「っていうか、誰かそれ聞いてたの？」

「キミコの友達が聞いてたらしいわ」

「立ち聞き？　趣味わるー」

誰かが言い、みんなドッと笑った。

私は、耳をふさぐことも目を背けることもしないで、笑った人たちをしっかり見すえた。うっすら笑顔さえ浮かべて。

私の視線にバツが悪くなったのか、口々にしょうもないことを言っていた人たちもしずしずと解散して自分の席に戻っていった。

私は、なんにも悪いことはしていない。パパだって、ママだって、なんにも悪いことはしていない。パパは悪い人に騙《だま》されただけだし、ママは私のことを何とかしようとして必死にお願いに来ただけだ。

何を言われても、何をされても、私は胸を張って学校に通おう。もうすぐ通えなくなるかもしれないけど、最後まで胸を張って。たぶんそれが、ママやパパが私と賢人に望んでることだと思うから。

9/16(Tue)

朝、登校して、いつものようにゲタ箱を開けたら、上履きの上に何か乗っかってた。手にとってみると、紙を器用に折りたたんで六角形にしたものだった。よく授業中に先生の目を盗んで手紙をやり取りすることがあって、そういう時っていろいろ折り方を考えたりして、誰かが開発した可愛い折り方がちょっとブームになったりする。私もいろんな折り方を覚えたけど、こんな折り方は初めて見た。

それに、そういう時って、ノートの切れ端とかを使うことが多くて、あんまり大きな紙を使うことはないけど、今日のは、解いてみたらＢ５判の白い紙がまる一枚使われていた。

しかも、手書きじゃなくて、活字だった。ワープロで打ったんだろうか。

内容を読んで、私は驚いた。

『あなたの親が破産したのは、あなたの学年のクイーンが原因である』

一行目にはそう書かれていた。

クイーン。

昔から、うちの学校では学年ナンバーワンの生徒のことを「クイーン」と呼ぶ習慣がある。呼ぶ、って言っても、別に正式な呼び名じゃない。クイーン決定コンテストとかがあるわけじゃないし。それに、ナンバーワンの定義も決まってない。家柄とか、成績とか、美人かどうかとか、いろんな要素があるけど、「この学年では、総合的に見てこの人がナンバーワンだな」っていう感じで、自然とみんなが認めるような人が、そう呼ばれる。

そしてその呼び名は、もちろん、憧れとか尊敬とか、そういう気持ちで使われるんだけど、そこにはちょっと、やっかみとか、からかいとか、そんな気持ちも入ってるような気もする。

それにしても、パパの借金の原因がクイーンって、どういうことなんだろう。

私の学年のクイーンは、鯉沢《こいさわ》さん。学年一の美人。家は確か、かなりのお金持ちで、大っきなお屋敷に住んでる。

夏休みには家族で別荘で過ごしたり、海外旅行行ったり。去年のオリンピックも、現地まで見に行ったって誰かが言ってた。みんなにすごいお土産買ってきたって。

きれいでお金持ちなだけじゃなくて、成績も優秀。押しも押されもせぬクイーンで、私にとっては雲の上の存在だ。いつも取り巻きの人たちに囲まれて、オーラを振りまいてる。

正直に言うと、鯉沢さんとは一度も話したことがない。没交渉。同じクラスになったこともないし、中学三年生から高校を卒業するまでは成績別のクラス編成だから、これからも同じクラスになることはないだろう。

鯉沢さんのほうは、私のことなんか、何の関心も持ってないと思う。たぶん、存在すら知られてないんじゃないかな。たぶんだけど。

そんな鯉沢さんが、どうして私のパパに関係してくるの?

続きを読んだ。

『クイーンの家はとても裕福。でも贅沢《ぜいたく》に限りはない。人の欲望には限りがない。

クイーンはより裕福になることを望んだ。幼い頃から、常にそう望んでいた。

クイーンの欲望を叶えるべく、クイーンの親は自分の収入を増やそうとした。そのため、勤めている銀行での業績を上げようとして、詐欺まがいの投資の契約を多くの人に押しつけた。

あなたの親もその一人。

あなたには、そのことを知る権利がある。誰があなたをそんな目に遭わせたのか、ということを。

氷見《ひみ》野潮《のうしお》』

そう書かれていた。

私は、見てはいけないものを見た時みたいに、そそくさと紙を折りたたんで、通学カバンのポケットに隠した。

氷見野、という名前の人は、うちの学年にはいなかったと思う。他の学年の人だろうか。潮は「うしお」って読むんだと思うけど、どっちかっていうと男の子の名前みたいだ。

でも、そんな疑問はどうでもいい。

この手紙は、本当のことなんだろうか？　私には分からない。

本当だとしても、確かめようがない。鯉沢さんに直接聞くなんてことができるはずもないし。

でも、本当だとしたら、とても悲しい。

大人の世界に、私たちには分からない複雑なことやえげつないことがあるのは知ってる。

でも、そんなの、子どもの私たちには関係ないものだと思ってた。

子どもの世界と大人の世界がつながっていて、私たちの考えたことややったことが大人の人に影響を与えて、大人の人が考えたことややったことが今度は私たちに影響してくる。世の中って、そういうもんなんだ。

その日、家に帰って、パパに「鯉沢さんのお父さんって知ってる?」って聞いてみようかと思った。けど、最近いつも無口で暗い顔をしてるパパが、いつも以上に暗い顔をしているのを見たら、とても言い出せなかった。

第三章

1

「ママ友仲間っていうのも、何だか大変なのね」

志穂が腕組みをしてため息をついた。

「予備知識はそれなりに持ってたつもりだけど、現実は予想以上だったわ。麻由さんはさっき言ったような調子だし、産院仲間のみのりさんは、年上だからもっとしっかり自分を持ってる人だって期待してたのに、若い人以上にふわふわしてるし」

亜矢子も呼応するようにため息をついた。

「ただ、一人だけまともな人がいるのよ。それが救いかな。ママじゃないのにどうしてママ友仲間にいるのかわからないんだけど、あたしにとってはその人がグループの要《かなめ》ってところね。時恵さんっていうんだけど」

「どんな字？」

志穂が不意に関心を示したように身を乗り出して尋ねてきた。

「時間の〈時〉に恵むっていう字だけど。どうして？」

亜矢子が問い返すと、志穂は照れたような表情で身を引いた。

「あ、最近には珍しい、古風な名前だなって思って」

「あら、それを言うなら志穂だってけっこう地味な名前じゃない？」

「まあ、そうだけど」

「そういえば志穂って、高校の頃、小説の新人賞に応募してたじゃない。あの頃って確か、名前と作風が釣り合ってないからって、アナグラムでペンネーム考えてたじゃない？」

志穂は亜矢子以上に読書が好きで、自分でもジュヴナイル小説の新人賞に盛んに応募を試みていた。ただし、「受賞するまではイヤ」と言って、応募作品を見せてくれることはなかったが。

「もう、いいじゃないその話は。若気の至りってことで」

志穂はくいっと肩をすくめた。結局は佳作にすら選ばれなかったことを、いまだもって恥ずかしく思っているらしい。

「話を戻すけど、アヤほどの人が人間関係でそんなに苦労するなんて、意外。学校でも、職場でも、いつでも自然に人の輪の中心になってたのに」

亜矢子は苦笑した。

「職場でも、って、志穂はあたしが職場で働いているところ、見たわけじゃないでしょ」

「見てないけど、アヤの話を聞いてたら、わかるわ。自信たっぷりにバリバリ仕事してる姿、容易に想像つくもの。ああ、社会人になってもアヤはアヤだな、って、心強かった」

志穂は頬杖をついて上目がちに亜矢子を見る。亜矢子は顔の前で手を振った。

「そんな大したもんじゃないわ」

「でも」

「あ、ちょっと待って」

次の発言をしようとした志穂を、唇の前に人差し指を立てて亜矢子は制した。

「大丈夫みたい。ごめん」

「どうしたの？」

「何でもないわ。続けて」

誠哉の泣き声が聞こえたような気がしたが、空耳だったようだ。最近、亜矢子が自分のために時間を使っていると、必ずといっていいほど誠哉の機嫌が悪くなり、妨害される。

わざとやっているのではないかと思えるほどだ。今日はせっかく志穂が訪ねてきてくれているのだから、せめて一時間ぐらいはぐずらずに眠っていてほしい。

まだ残暑が厳しい九月下旬、金曜日の昼下がり。例によって志穂は、「仕事の途中でちょっと抜けてきた」と言って亜矢子のマンションを訪ねてきた。産院に見舞いに来てくれた時もそうだったが、その後もたまにこうやって訪れてくれる。亜矢子にとっては何よりの息抜きになっていた。

「でも志穂、そんなに再々仕事を抜けてきても大丈夫なの？」

亜矢子はいちおう心配して尋ねたが、志穂は笑って答えた。

「平気平気。わたしもようやく、そういうことが黙認されるようになってきたの。黙認っていうか、要するにバレない程度にやってるってだけだけど、なんて言うのかな、もしバレてもたぶん問題視されない、っていう安心感とか、自信とか、そういうものが身についてきた感じかな。仕事で結果さえ出せば文句ないでしょ、って言える気がするの」

――仕事で結果さえ出せば文句ないでしょ。

亜矢子もよく口にしていた言葉だった。志穂もそういう考え方をするようになったんだな、と思うと、亜矢子は嬉しくもあり、少し悔しくもあった。

亜矢子と志穂は、地元の女子校時代の同級生だった。中高一貫の六年間を通して、お互いに最大の親友だった。

二人の母校は、学力の面においても生徒たちの家庭の経済力や社会的地位の面においても、全国でもトップクラスとの誉れ高く、「お嬢様学校」という呼び名に相応《ふさわ》しい学校だった。

亜矢子はそこで、中学二年生から高校三年生まで、学力では学年トップの座を一度も譲らなかった。中学一年生の時のトップが志穂で、二人は周囲からライバルと目されていた。最初の二年間、亜矢子と志穂はほとんど面識がなかった。クラスが別だったせいもあるが、なるべく顔を合わさないようにしていたからだ。志穂のほうも同じ気持ちだったのだろう。それぞれのクラスではトップの生徒だが、両者が対面すれば一人が上、一人が下という序列を意識せざるを得ない。お互い、そういう状態になることを避けていたのだと思う。

しかしこの学校では、三年生では成績順でクラス編成されることになっていた。当然、亜矢子と志穂は同じクラスになった。

その最初の日、志穂は亜矢子にこう言って近づいてきた。

「去年、亜矢子さんに抜かれたのが悔しくてがんばってみたけど、ちょっと追いつきそうもないな。脱帽。今日から、改めてよろしくね」

その時の志穂の柔らかな笑顔を、亜矢子は今でも鮮明に覚えている。自分が志穂の立場だったらあんな風に自然な態度で声をかけることができるだろうか、とふと思ったことも。

「こちらこそ。あたしが言うことじゃないだろうけど、お互い、負けないように頑張りましょう」

「もちろん」

こうして亜矢子は志穂と友人になった。

それからも引き続き二人はライバル同士だと目されていたし、実際にライバルであり続けた。その二人がまるで実の姉と妹のように仲睦《むつ》まじく過ごしている姿を、周囲は不思議な気持ちで眺めていたようだが、亜矢子は気にならなかった。

ライバルとはいうものの、自分の実力が志穂に大きく優っていることを亜矢子は自覚していたし、志穂もおそらく自覚していた。この上下関係は「仕方がないこと」だというのが、二人の間の暗黙の了解事項で、だから軋轢《あつれき》が生じることもなかった。

それればかりか、自分の最大の理解者は志穂だし、志穂の最大の理解者は自分だと亜矢子は考えていた。ナンバーワンだナンバーツーだと周囲は簡単に言うけれど、その成果を維持するために自分が、そして志穂がどれほどの努力を続けているか、クラスメートたちは知らない。志穂との間には、ライバル同士にしか分からない連帯感を覚えていた。

学力だけではない。家柄もそうだった。

亜矢子の父は国立大学の教授だったが、父方の祖父もかつては同じ大学で教鞭《きょうべん》を取り、学長まで務めた人物だった。それだけでもじゅうぶん地元の名士の名に値する家だったが、それに加えて曾祖父の代からいくつもの不動産を所有する資産家でもあった。

母親は開業医の家に生まれたが、医院は兄が継ぎ、彼女自身は地元でもっとも規模の大きな地方銀行に勤めていた。いわゆる腰かけではなくキャリア行員で、後にその銀行初の女性支店長となった。現在は子会社に籍を置いているが、銀行にありがちな「出世コースから外れての出向」ではなく、「もう銀行の本業でやりたいことは全てやり尽くしたから」と言って自ら選択した異動だった。

生徒たちの多くは社会的地位や収入に恵まれた家庭の子どもたちだったが、その中でも亜矢子の両親は、生まれついた家柄と本人自身の努力による社会的成功とを等分に併せ持っている点で、同級生たちの中でも特に目立つ存在だった。

他方、志穂の家は、地元では屈指の経営規模を持つ不動産業を営んでいた。当時、志穂の祖父は地域の商工会議所の副会頭を務めており、地元経済界からの人望も厚い人物で、後継者である志穂の父もいずれはその地位を継ぐものと目されていた。

恵まれた家庭環境は、時としてその家に育つ子どもにとって大きな足枷《あしかせ》となることもある。その苦労を肌身で知っている点でも、志穂は亜矢子にとって同志のような存在だったのだ。

高校卒業後、二人の進路は分かれた。母校の学校法人は大学も経営していて、地元では一と言って二と下らない人気と実績を誇っているから、大半の生徒はそのまま内部進学するのだが、亜矢子は自分の可能性を広げたくて、東京の著名な大学へ進学した。そのまま東京で就職し、競争の厳しい企業でキャリアを重ねていった。

一方、志穂は内部進学を選んだ。だが彼女は、大学を卒業すると東京の出版社に就職した。親の力を借りれば地元でいくらでも望むままの職に就けただろうに、それをせずに敢えて自分の力で世の中を渡っていこうとするその気概も、亜矢子は自分に近しいものを感じた。

ここ数年はお互い忙しくてめったに会うこともなかったが、亜矢子が出産を機に休職してからは、こうして会う機会も増えた。休職したことによるメリットも皆無ではなかったな、と亜矢子は自分を慰めている。

「ごめん、話し込んじゃって。かんじんの話、まだ全然してなかったわね」

会話が途切れたタイミングをうまく捉えて、志穂が切り出した。

「ああ、同窓会の話ね。志穂、副幹事になったんだっけ？」

「そうなの。断ったんだけど押しつけられちゃって。ま、総幹事は衿子《えりこ》さんだから、わたしはお手伝い程度なんだけど」

志穂は首をすくめた。

「衿子さんって、棚倉《たなくら》さんのままなの？」

「今はまだそうだけど、お婿さん取るみたいよ。相手の人、もう役員扱いでお店に入ってるみたい。正式には二年後ぐらいって言ってたかな」

同級生の衿子の家は寛政年間に創業したという呉服屋だった。卒業してから一度も会ったことはないが、和装の似合う女性に成長していることだろうな、と思った。

「やっぱり。『わたしは家なんて継がないの。ぜったいお嫁に行くの』って言ってたけど、結局そうなったのね」

「二百年以上も続いてるお店なんだもの、仕方ないんじゃないかな」

「そうね。ああ、なんだか急に懐かしくなってきたわ、あの頃が」

「でしょ？　アヤも来てよ、同窓会」

「行けたらね。誠哉を抱えて遠くまで行くのが億劫で」

「里帰りのいいチャンスじゃない？　誠哉ちゃん生まれてから、あんまりご実家と行き来してないんでしょ？」

「まあね」

亜矢子は言葉を濁し、そそくさと話題を切り替えた。

「最近の若い子って、どんな感じなのかしら。もう、二十一世紀生まれの子が入ってきているのよね」

「えーっと」志穂は眉間に人差し指を当てた。「今が二〇一三年だから、中学一年生の早生まれの子が、二〇〇一年生まれっていう計算になるのかな。でも、生徒たちの雰囲気って、わたしたちの頃とそんなに変わってないみたいよ」

「今でも、クイーンとかプリンセスとか言ってるのかしら」

亜矢子は若干の照れを交えて尋ねた。

「言ってるって。プリンセスはいたりいなかったりだけど、クイーンはどの学年にもいるみたい」

亜矢子と志穂の母校には、学年ごとに〈クイーン〉と〈プリンセス〉がいた。

家柄、経済力、学力、運動神経、容貌、人望、そういった諸条件から総合的にみて、その学年で最も抜きん出た生徒がクイーン。二番手がプリンセス。尊敬と憧憬《しょうけい》と羨望と幾ばくかの揶揄《やゆ》を込めて周囲から自然とそう呼ばれるようになるのが伝統だった。

クイーンは、途中で交代することもある。成績が低下したり、親の経済力が低下したり、そういった変化を生徒たちは目ざとく把握して、「誰それさんはクイーン陥落」などと言って陰で囃《はや》し立てたりした。

亜矢子は、自分の学年のクイーンの尊名を中学二年から高校卒業まで守り通した。一方、プリンセスは単に二番手の総合力を有しているということではなく、クイーンによってそう認定された生徒、というのが暗黙の了解だった。そして、志穂がその学年のプリンセスだった。

「いま思い出すと、恥ずかしいだけよね。最近の若い子たちの感覚だと、そんなこと言わないんじゃないか、って思ってたわ」

「ああいう、自然発生した習慣って、なかなか廃《すた》れないみたい」

「そういうものかもね」

亜矢子たちは、お嬢様学校の生徒として良くも悪くも世間の注視を浴び続けることに否応なく慣れさせられていた。だから、少なくとも表面的には極めて保守的で、世間の流行や若者たちの気質の変化とは縁が薄かった。たぶん今でも、校門の内側では時代がゆったりと流れているのだろう。

「ああ、あとね、こないだ同窓会の準備の寄り合いで聞いたんだけど、親が学費払えなくなって、退学して公立の学校に転校しちゃう生徒がぽろぽろ出てるらしいの。今年度に入って、もう二人いるって。まだ増えるかも」

　志穂が思い出したようにそう言った。亜矢子は首を傾げて尋ねた。

「確かに学費は安くはないけど、いちばんきついのは入学時の寄付金でしょう。それを払えたのに、途中の学費が払えないなんて、あるのかしら」

「自営業の人とかは浮き沈みがあるから、仕方ない場合もあるみたい」

「今年の初めごろから景気も上向いてきたって聞くけど……」

「そういうことになってるけど、まだまだ現実は厳しいみたいよ。それに、中小企業まで景気の効果が及ぶのって、やっぱりタイムラグあるし」

　当然そうに志穂は説明した。そう言われて亜矢子は、ここしばらく自分がろくに新聞も読んでいないことに気がついた。休職前は経済関係のニュースは細大漏らさずチェックしていたはずなのに、たった半年余りでこのざまだ。

「それに、小学校から持ち上がりで来た子たちって、親がほんとうにしっかりしてる家が多いけど、中学からの編入組はそうでもない子もいるしね。あんまり名誉なことじゃないから、先生がたも『誰それさんはこれこれこういう理由で退学しました』なんて、わざわざ説明しないんでしょうけど。そういうのって、今に始まったことじゃないらしいわ」

　まあそうだろうな、と亜矢子は思った。少なくとも自分の在学中にはそういう話を聞いた覚えがない。

志穂はその後、同窓会の企画の進捗《しんちょく》状況について話し、それから少しだけ他愛もない雑談をして、仕事に戻っていった。

その日一日亜矢子は、久しぶりに真っ当な会話らしい会話を楽しんだという充実感を反芻《はんすう》した。明日はまた、麻由の家でのお喋りの集いだ。

2

麻由はネット通販での買い物にご執心らしく、今日は海外の有名ブランドの化粧品を扱っているサイトの話題を持ち出してきた。

「やっぱりね、ママになっても女子力は落としたくないじゃない。若いころ以上に、コスメには気を遣わないとダメなのよね」

「そうそう、マジでマジでそう思う」

麻由の発言が終わるか終らないかのうちに、映子が応じる。とにかく発言に切れ目がなく、常に誰かが声を発している状態が継続されるのが、この場の特徴だ。もはや不文律と化している。

亜矢子も職場では口数の少ないタイプではなかったが、それでも何らかの発言をするときには言葉の選択には留意したし、自分の発言にはすべて責任を持つ、という意識は抱いていた。相手の発言に対して脊髄《せきずい》反射のように賛同したり反駁《はんばく》したり、ということはしなかった。

それに、女子力って何なのだろう、と思う。いつまでも若々しくありたいという欲求はごく自然だが、彼女らはその欲求を誰のために満たそうとしているのだろうか。

亜矢子がそんな考えを巡らせている間にも、会話は次々と転がっていく。内容が深化するわけではなく単に同じような発言とその賛同が応酬するだけだが、常に最新の言葉尻を捉えて自分の発言を割り込ませる、という芸当が求められるから、一瞬でも注意を逸らすと流れに乗り遅れる。

ほかの面々は、その芸当がすでに自然な呼吸になっているようだ。自分がその域に達するのは難しいと亜矢子は思っているが、とりあえず麻由に賛同しておけば会話の流れを乱すことはない、ということだけは分かってきた。

その裏付けをしてくれたのは、時恵だった。

今日、麻由の家に来る途中で、亜矢子は時恵に呼び止められた。

「亜矢子さん、こんにちは」

いつもの坂道の途中にある小さな四つ辻で、左側から時恵は近づいてきた。ふだんは亜矢子が麻由の家に着くと時恵はとっくに来て麻由たちの会話を見守っていることが多いので、今日は珍しく遅いんだな、と亜矢子は思った。

亜矢子は足を止め、「こんにちは」と返した。続けて、

「時恵さん、お家はこちらなの？」

と時恵が現れた方向を手で差して尋ねたが、彼女はそれには答えず、

「この間は、ごめんなさいね」

と唐突に謝ってきた。

「急にどうしたんですか？」

訳がわからず、亜矢子は尋ねた。

「ブランド品の話題で、場がぎくしゃくしてしまったから、なんとか雰囲気を変えたかったんですけど、うまくいかなくて……」

「話題？」

「ええ。結局、浄水器の話題に戻ってしまって、亜矢子さんが麻由さんに責められるみたいな形になってしまって。通信販売から離れた話題に持っていけばよかった、って咄嗟《とっさ》に反省したんですが」

ああ、と合点がいった。

「気にしないでください。その後、時恵さんには助け舟を出していただきましたから」

その心遣いだけで充分だと亜矢子は思った。

「ほんとうに、ごめんなさいね」

時恵は再度謝罪の言葉を口にした。そんなに謝られることではないが、時恵の思いやりとして素直に受け取っておくことにした。

「行きましょうか」

亜矢子は言い、時恵も「ええ」と応じて、二人は坂道を下りはじめた。歩きながら、亜矢子は先ほどの質問を繰り返した。

「時恵さん、お家はあちらでしたっけ?」

「違うんですけど、今日は麻由さんの家に着く前に亜矢子さんと話しておきたくて、少し早めに出て遠回りしてきました」

「わざわざ、ありがとうございます」

「いいえ」

麻由の友人たちの中でもこの人は特別だな、と改めて思った。

まるで促されるように、質問が口をついて出た。

「時恵さんは、麻由さんとはいつごろから？　梨花さんや翔子さんと同じぐらい？」

いきなり不躾《ぶしつけ》な質問だと自分でも奇妙に感じたが、時恵は特に訝《いぶか》る様子もなく答えた。

「わたしはまだ最近です。梨花さんや翔子さんは長いの。あのお二人は、麻由さんのご主人の高校の後輩なんです。だから、かなり以前から行き来はあったみたいですよ」

「麻由さんのご主人って……」

「どこか大きな企業にお勤めですけど、もともとがあのお家でしょう？　昔からこのあたりでは名家といっていい家柄だったみたいです。学校にもずいぶん寄付をなさってらした、と聞きました。ご主人自身も、在学中は生徒会長も務めたりして、みんなの憧れ的な存在だったそうです」

そう言いながら時恵ははにかんだような表情を見せた。この話題で時恵が恥ずかしがる必要は全くない。直接的に言うのは憚《はばか》られるから察してくれ、という意味の含羞《がんしゅう》だろうと亜矢子は理解した。

時恵が伝えようとしていることを察するのは容易だった。

梨花や翔子は麻由に、より正確に言えば麻由の夫に、さらに正確に言えば麻由の婚家に、頭が上がらないのだ。

学校というコミュニティの中で自然と形成される生徒たちのヒエラルキーの頂点に、麻由の夫は位置していたのだろう。彼本人の有していた人気と、彼の家が学校に対して有していた影響力とによって。

そんな彼を射止め、彼の家に妻として入り込むことを成し遂げた麻由に対して、梨花や翔子は一目置かざるを得ないのだろう。

麻由がコミュニティの中心人物という不動の立場で女王様然として振る舞えるのは、そんな事情も手伝っていたのだ。

「それで……」

亜矢子は、先ほどの時恵と同じような表情で言いさしにした。それで時恵には充分伝わったようで、「ええ……」とやはりはにかみながら応じてきた。

梨花や翔子は、とにかく麻由を持ち上げる。どんな話題でも、麻由に逆らうような発言はせず、賛意だけを口にする。時にはからかいのようなことも言うけれど、それは一瞬で、次により確実な賛意を口にするためのスパイスに過ぎない。

——それを参考にして、巧く立ち回るといいですよ。

時恵はそう伝えようとしているのだ。

「ありがとうございます」

亜矢子は素直に礼を言った。時恵は、聞こえるか聞こえないか程度の小声で「いえ」と

答え、それから明るめの声で、

「それにしても、今日も暑いですね」

と言って、左手で顔をあおいだ。こういう話題の仕舞い方や切り替え方も品があるな、と亜矢子は思った。

そのうちに麻由の家に着いた。

「あら、ご一緒なの?」

玄関で出迎えた麻由が尋ねた。亜矢子は、さっきまでの会話を麻由がどこかで聞いていたのではないか、という根拠のない焦りを覚えたが、時恵は何食わぬ顔で目をしばたかせ、

「ちょっと寄り道してたら、偶然亜矢子さんと一緒になって」

と説明した。麻由もそれ以上尋ねてはこなかった。

時恵といれば安心だ。亜矢子はその思いを強くした。

そんなことを思い返している間にも、話し手は次々と移り変わっていた。もっとも、話題そのものは化粧品とメイクから少しも変化していなかった。

「でね、女子力女子力って簡単に言うけど、女子力って何だと思う?」

麻由が一同の顔を見回しながら言う。つい先刻同じようなことを頭の中で考えた亜矢子は、わけもなくどきりとした。

「やっぱ、モテ力かなぁ」

翔子がだらしない口調で答える。

「誰にモテようって言うの？」

「旦那さん」

「それならいいけど、一歩間違うと精神的浮気になっちゃうかもよ」

「えー、濡《ぬ》れ衣《ぎぬ》だよぉ」

「でもさでもさ、旦那なんて、こっちが必死でコスメ変えたりインナー変えたりしたって、一個も気づかなくない？　そういうのって、腹立たない？」

映子が口をはさむ。

「入籍三か月の超新米奥さんがそういうこと言うわけ？」

麻由が意地悪く笑う。

「女子力って、やっぱり周囲のいろんなことに、気を遣えること、かな。麻由さんみたいに」

一瞬の隙を衝《つ》くようにみのりが言う。彼女もすっかり、この場の呼吸を会得しているようだ。

亜矢子は当初、産院仲間のみのりのことを、年長者としてうまく周囲の人間を御してくれるのではないかと内心で頼りにしていた。しかし親しくなってみると、みのりはむしろこの場の誰よりも精神的に幼いのではないかと思える。自分なりの確固とした考えがあるようには見えない。結局、麻由の翼賛者が一名増えただけのことだった。

「みのりさん正解だと思う。あたしもそう思うんだ。あたしみたいに、っていうのは余計だけど」

麻由はみのりのほうを向いて嬉しそうに頷いた。みのりも嬉しそうに微笑み返す。

「そんなこと考えると、今のマストアイテムってオーガニック系よね。自分の肌のことだけじゃなくて、子どもの肌に触れること考えても、そこに気を遣わないのなんてナンセンスだと思うわ」

「そうそう、オーガニック。さすが麻由さん」

映子がすかさず合いの手を入れ、一同がうんうんと頷く。妊娠中も煙草を手放さなかった麻由がいったい何を言うんだろう、と亜矢子は呆れた。

「それも、やっぱり国産より海外ブランドだと思うのよ。ヴェレダとかアンソとか。日本って、環境環境って言うわりには、コスメの分野じゃオーガニック後進国だし」

「そういうのって、ファッションアイテムみたいに、ブランドショップとかあるのかなあ」

翔子が聞く。

「専門店ってないわね、たぶん。そういうブランド扱ってる店はあるけど、東京と大阪に一店舗ずつとか、そんなだと思う」

「じゃあ、やっぱり通販ですか？」

みのりが言う。まるで事前に脚本ができているかのようだ。麻由もわが意を得たりとばかりに答える。

「そうなのよ。で、それも、日本の普通の通販ショップだと、高いの」

「でもでも、在庫持ってくれてるから即日発送してくれたりしない？」

「それはそうよ。でも、取扱いアイテムもフルじゃないし。やっぱり、海外からの直接取り寄せじゃないとね。だいたい、コスメを今日申し込んで明日必要なんてこと、ないんじゃない？」

「あるけどぉ」

「いざって時に切れてて慌てたりするわけ？　そういうところに気が回らないのが、女子力が足りないって言うんじゃない？」

「そうかなぁ」

麻由の指摘に翔子が口を尖らせ、一同はまたアハハハとひとしきり笑う。

「けど、海外のサイトって使いにくくない？　不親切だったり。書いてあるのだって英語でしょ？」

梨花が疑問を提示する。一見、麻由に対する反駁のようではあるが、その疑問を払拭《ふっしょく》するだけの材料を麻由が持っていることを見越した上での発言であり、結果的に麻由を持ち上げるためのステップだろうと亜矢子は予測した。時恵の教示のおかげで、この場への順応性が増したように感じる。

「大丈夫よ。手続きいっさい代行してくれるサイトを使えばいいのよ。しかも、代行手数料とかで余分なお金取られたりもしないの。いま使ってるサイトは、日本語の説明も載ってるし、ぜんぜん敷居高くないわよ」

「へーえ。さすが麻由さん、賢い買い物ね。そのサイト、教えて教えて」

麻由を持ち上げる役割は阿吽《あうん》の呼吸で映子が引き受けていた。

「いいわよ」

麻由はガラステーブルの上に寝かせてあったタブレット端末を手にして、そのサイトのトップページを示して見せた。見せて見せて、と映子が受け取り、慣れた手つきで画面を操作する。

「ホントだホントだ。こういうのってすっごく高いと思ってたけど、この値段なら何とか手が出せそう」

「でしょう?」

麻由が胸を張った。

麻由のタブレットは一同の間を回覧された。亜矢子も受け取って見てみたが、つい「あっ」と小さく声を上げてしまった。

どうしたの、と時恵が目顔で尋ねてきた。

表示されているオーガニック化粧品のアイテムのいくつかは、亜矢子も購入したり、あるいは購入を検討したことがあった。それらの商品に表示されている価格が、亜矢子の記憶よりも明らかに高いのだ。ほぼ倍の値付けになっているのである。

大量生産大量販売の製品ではないから、大幅な値上げがあったとは考えにくい。為替相場の関係かとも思ったが、ひと頃の円高から円安に振れているとは言え、まさか二倍になることはあるまい。

「何なに、どうしたの亜矢子さん」

麻由が聞いてきた。声音に不信感が混じっている。

亜矢子は躊躇《ちゅうちょ》したが、思い切って告げることにした。純粋に、麻由が気の毒になったからだった。

「麻由さん、そのサイト、注意したほうがいいわ。代行手数料は不要、って書いてあるけど、別取りしていないだけで、たぶん商品価格に上乗せしてる」

「え。マジ？　マジ？」

映子が食いついてきた。

「たぶん、だけど。きちんと手数料を表記しているサイトで個人輸入したほうが、結局安くつくと思う」

「へえ、そうなんだ。教えて教えて。それって、難しいの？」

「いろいろ注意事項があるけど、慣れれば大丈夫。ちょっと待って」

亜矢子は素早くタブレットを操作して、個人輸入に関するネット情報を引き出した。

「たとえば、ここと か」

亜矢子自身が使ったことがある海外サイトのトップページを表示させる。

「見せて見せて」

映子が亜矢子の手からタブレットを奪った。

「でも、全部英語だよぉ？」

横から覗き込んで翔子が不安げに言う。

「そうでしょ？」麻由が割って入った。「日本人スタッフのいない海外のサイトなんて、信用できないじゃない」

「逆なのよ、麻由さん」

亜矢子は麻由の神経を逆撫でしないように、辛抱強い口調を保つよう努めた。

「日本語メインのサイトって、現地の日本人が勝手にやってる場合があるの。個人的に商品買って、それを高値で売って利ざやを稼ぐっていう方法なの。日本人スタッフが関わってなくても、きちんと法人格持ってて、ＩＲ情報なんかも公開してる海外サイトのほうが、結局は信頼性が高いことが多いのよ」

「書いてあることが読めなきゃ、そんなサイト使いようがないじゃない。亜矢子さんは英語がお得意なんでしょうけど」

麻由は顔を歪《ゆが》める。

「確かに、全部英語で書いてあるけれど、サイトの利用方法って基本的にはどこも日本のサイトと似たようなものだから、そんなに構えなくても大丈夫。それに、最近は精度の高い翻訳サイトもあるから、心配はいらないわ」

亜矢子は懸命に説明した。

「へーえ。ちょっとやってみようかなぁ」

翔子が唇に指先を当てて呟《つぶや》くように言った。亜矢子はその発言に力を得て、

「ええ、もしそれでも不安だったら、何でも聞いて。あたしにわかる範囲で手伝うから」と念を押した。

「そんなこと言って、亜矢子さん、マージンか何かあるんじゃないの？」

麻由が苦々しい口調で言う。亜矢子は意味が分からず、「えっ」と声を漏らして麻由を見た。

「ユーザーを紹介したらそのサイトから何かバックがあるとか、そんなのじゃないの？仲間うちでそういう勧誘するのって、どうなのかしら」

「そんなのじゃないわ」

亜矢子は即座に反論し、続けて「それを言うなら、麻由さんこそ……」と言いかけたが、危ういところで踏みとどまった。

「あたしだって、亜矢子さんの言ってることぐらい、知らないわけじゃないわよ。でも、外国のサイトだと、カード決済のときに情報盗まれたりしないか心配だから、日本語が使えるサイトを使ってるの」

麻由が主張すると、翔子はころりと表情を変えた。

「それもそうかなぁ。心配よねぇ」

梨花や映子も麻由の顔色を窺《うかが》いながらうんうんと頷く。

「そんな心配はないし、心配ならペイパル使うとか、いろいろ防衛する方法はあるの」

亜矢子は懸命に説明したが、麻由に支配された場の空気は変えられない。

「でも、本当にいろいろな方法があるんですね」

時恵が感心したように言った。それまでにこの場で交わされた会話すべてを引き取るような言い方だった。

時恵はやや鋭い視線で素早く亜矢子に目配せすると、発言を続けた。

「わたしもいろいろ試してみたいんですけど、なかなか覚えられないんです、その、サイトのアドレスとか、使い方とか」

「メールで送ろうか？」

麻由が得意げに言う。

「ありがとうございます。でも、みんな一度に情報共有できたほうがいいと思うんです。ほら、こうして集まったとき以外でも、気軽に情報交換したり、いろいろ試してみた結果を報告し合ったりできたほうがいいと思いません？　みなさん、スマホお持ちですよね」

「持ってるけど。ねえ？」

麻由が自分のスマートフォンを手に取ってぶらぶらと揺らしながら、一同の顔を見回した。ごてごてしたストラップが煩く揺れる。

「無料のメッセージアプリがありますよね。みんなで同じのを入れて、グループ機能でやり取りしませんか？　掲示板を使えば、メンバー全員に同時に同じものを送れますし」

「あ、それいいなぁ。あたしも入れてる。マリアちゃんママとはよくチャットしたりしてるし」

翔子が梨花のほうを向いて言った。

亜矢子もそのアプリケーションは入れていた。あまり興味がなく、端末に登録されている電話帳データが勝手にサーバーへ転送される仕様も気に入らなかったのだが、休職前に職場の後輩が「手軽に連絡したいから、入れてくださいよ」と頼んできたので、仕方なくインストールしたのだ。その彼女も、最初の一、二か月はちょくちょくメッセージを送ってきたが、最近はとんとご無沙汰だ。

「それじゃ、今ここでグループ作りますね」

時恵は背後に置いたトートバッグから自分のスマートフォンを取り出し、ひとしきり画面の操作をした。何の装飾も施されていない桜色の爪がてきぱきと動く様に、亜矢子は憧憬に似た感情を抱いた。

「名前は、《Mayu's café》とかでどうですか？」

時恵が問い、麻由自身は何も答えなかったが、一同は口々に「いいと思う」と賛同した。

「じゃあ、招待送りますね」

　時恵が画面をいじるたび、各自のスマートフォンが着信音を発したり、ぐ、ぐ、ぐと振動したりする。最初は麻由で、最後が亜矢子だった。送られてきた招待メッセージを開くと、確かに《Mayu's café》という名称の掲示板ができており、すでに六人のメンバーが登録されていた。すぐに承認し、メンバーは七人となった。

　時恵は自分の画面を確認し、

「完了しました。せっかくですから、皆さん、今日中に何かひと言だけでも、グループ掲示板に投稿してみてください。写真とかスタンプだけでもいいですし。楽しく使っていきましょうね」

　と促した。その言葉が終わるか終らないかのうちに、一同の端末に反応があった。翔子がさっそく、〈やっほぉ〉というメッセージと、笑顔のスタンプとを投稿していた。

「育児についての相談とかもできるわね。七人もいれば、全員が全員ともスマホを手元に置いてない、なんてことはないだろうし、急な相談でも誰かが相手になれるしね」

　麻由が自分の手柄のように胸を張って言った。

　その日はそれからほどなくお開きとなり、それぞれ麻由の家を辞去して帰宅していった。

　亜矢子がベビーカーを押していつもの坂道を上っていると、スマートフォンが振動した。

足を止めて画面を開くと、時恵からダイレクトメッセージが届いていた。

〈少しだけお話ししませんか？〉

どう返信しようか考えていると、続いてのメッセージが来た。

〈誠哉ちゃんのお世話なら、うちでもひと通りベビー用品が揃っていますから、うちにお越しになりませんか？〉

亜矢子は誘いを受けることにした。

メッセージのやり取りで時恵の自宅を教わった。麻由の家から西へ徒歩十分ほどの場所だった。

教えられた通りの道をたどって行くと、ある道路を境に、高級住宅街から、どちらかと言えば下町と呼ぶに相応《ふさわ》しい家並みへと景観ががらりと変化した。

時恵の住まいはその家並みの真ん中にひっそりと隠れるように建つ、二階建てのコーポラスだった。

指示された一階のいちばん奥の部屋のドアホンを押した。表札は掲げられていなかったが、すぐにドアが開き、時恵が顔を覗かせて「いらっしゃい」と笑顔で告げた。

「お邪魔します」

「呼び止めて、ごめんなさいね。さ、どうぞ」

　時恵はドアを大きく開けて亜矢子を招じ入れた。

　外観の印象通りの小作りな部屋だった。間取りは２Ｋで、靴脱ぎにも履物は数えるほどしかなく、ひと目見てひとり暮らしだと見当がついた。

　亜矢子は誠哉を抱き上げ、ベビーカーを畳んだ。時恵はすぐにベビーカーを引き取り、下駄箱にもたれかけさせて置いた。誠哉がわぶ、わぶと呻《うめ》き声を上げたが、幸い激しくむずかるようなことはなかった。

「誠哉ちゃん、いらっしゃいませ」

　声のトーンを上げて時恵が誠哉に微笑みかけ、軽く頬をつついた。

「亜矢子さん、もしご迷惑じゃなければ、少しだけ抱っこさせていただいてもいいですか?」

　不意の申し出だったが、亜矢子は快く「ええ」と答えた。亜矢子以外の抱っこをめったに喜ばない誠哉だが、時恵なら大丈夫だろうという予感があった。

　誠哉を時恵に預け、ローヒールを脱いだ。時恵が誠哉を抱いて部屋の奥へ進もうとすると、誠哉は急にわあわあと泣き始めた。

「誠哉」

　亜矢子が声をかけても、収まる気配はない。急いで部屋へ上がり、困惑している時恵から誠哉を受け取って必死にあやした。

「すみません、時恵さん。驚かれたでしょう」

「いいえ、こちらこそごめんなさい。ご機嫌、損ねてしまって。やっぱり、だめですね」

「何がですか?」

亜矢子の問いには答えず、時恵はダイニングテーブルを手で示して「おかけになってて」と言い、自らはキッチンに立った。グラスを用意し、冷蔵庫から冷えた茶を出す。

「散らかってて、ごめんなさいね」

時恵は背中越しにそう言ったが、言葉とは裏腹に、部屋の中は驚くほど片付いていた。まるで引っ越しに備えて家の中の物をある程度処分した直後のようにも感じられた。

「部屋の隅にクーハンがあるから、誠哉ちゃんが落ち着いたら寝かせてあげてくださいね」

確かにクーハンがあるが、子どものいない時恵がなぜそんなものを持っているのだろう。その横には、開封されていない紙オムツのパッケージも置かれていた。

キッチンを見ると、レトルトの離乳食や哺乳瓶の洗浄キットなどのベビー用品が一揃い並んでいる。それらはきれいに整頓されていて、いつでも使用可能なのだけれど、一度その整頓を崩せば二度と元には戻せないような緊張感を漂わせていた。

「さっきは、少し先走ってしまわれましたね」

亜矢子の正面に腰を下ろして、時恵が言った。

「すみません。つい……」

「いろいろ教えてさしあげようとしている亜矢子さんのお考えはよくわかります。でも、麻由さんはあの性格ですから、うまく伝えないと逆効果になってしまいますよ」

「そうですね。自分でもいけなかったと思います」

「ああ見えて麻由さん、心の中では亜矢子さんのことを認めてると思いますよ。お仕事のキャリアのこととか。だからこそ、仲間に誘ったんでしょうし。でも逆に、だからこそ反発もしてしまうんでしょう。それで、ひとつ提案があるんです」

「何ですか?」

「みなさんにもっと賢くなってもらおうとして亜矢子さんがおっしゃることを、まずわたしにお伝えくださいませんか? そうしたらわたし、亜矢子さんに聞いたということを言わずに、うまく麻由さんに伝えますから」

確かに、時恵が言えば、それもみんなが揃っている場ではなく裏でこっそりと伝えれば、麻由も素直に新しい情報を聞き入れるだろう。そして、さも自分が発見してきたかのように、得意げに語るにちがいない。

「麻由さんの手柄にしてしまえばいいんですよ。亜矢子さんは複雑でしょうけど、それで結果的にあのコミュニティの意識が向上していけばいい。亜矢子さんなら冷静にそう考えてくださると思って」

そこまで先回りして言われたのでは、その提案を受け入れる他はない。

「そうですね。おっしゃる通りだと思います」

亜矢子は答えた。

「差し出がましい話ですみません」

時恵は言い、グラスの茶をひと口飲んだ。亜矢子も倣《なら》ってグラスに口をつけた。

「時恵さんは、どうしてあのママ友コミュニティに？　拝見したところ、お子さんはいらっしゃらないみたいですし」

思い切って尋ねると、時恵はふっと寂しそうな笑顔を見せた。

「わたし、赤ちゃんとか子どもさんが大好きなんです。だから、よくお世話とか買って出るんですよ。家にベビー用品が揃ってるのも、そのためなんです。わたし自身は、以前にちょっと病気をして、それで自分の子どもを持てなくなってしまったんですけれど」

あっさりした口調だが、内容は衝撃的だった。亜矢子はこの話題に触れたことを深く後悔した。

「それは……申し訳ないことを聞いてしまって、すみません」

「いいんです、事実だから。それで夫とも別れることになって、今はひとりです」

「ご苦労なさってこられたんですね」

今の自分が孝哉や麻由に対して抱いている不満など、ごくごくちっぽけなものだと亜矢子は思った。時恵がどうやって麻由と知り合い、なぜあのコミュニティに居続けているのか、不思議に感じる気持ちが解消されたわけではないが、それを知る必要も今は感じなくなった。

時恵に告白をさせてしまった手前、何となく自分のネガティブな情報も開示しなくては、という妙なバランス感覚から、亜矢子は孝哉とのすれ違いなどについて打ち明けた。

「――何だか最近、女として見られていないような気がして、ついイライラしてしまうことが多いんです。時恵さんが経験されたことに比べたら、取るに足りないような不満ですけど……」

「そんな時期もありますよ」時恵は相変わらず微笑みを湛《たた》えて言った。「大丈夫。信頼する気持ちがあれば、時間が解決してくれます」

「そうでしょうか」

「そうですよ」

そんな気がしてきた。

その後、さらに小一時間ほど世間話をして、亜矢子は暇《いとま》を告げた。麻由のコミュニティでこれからはもっとうまく立ち回れそうだ、という安心感で、満ち足りた家路だった。

3

時恵は、提案どおりに動いてくれているようだった。

亜矢子は個人輸入のノウハウや留意事項について知る限りのことを時恵に提供した。信頼性の高いサイトも紹介した。時恵はそれをちゃんと咀嚼《そしゃく》して、麻由のプライドに抵触しないよう巧みに伝えているらしい。いつもの集いで、購入した商品とその値段を自慢げに披露したり、《Mayu's café》の掲示板に〈ここ、よかったよ！〉などとコメントを添えてサイトのURLを書き送ってきたりした。その都度、梨花、翔子、映子、みのりらは〈麻由さんさすが～〉などといったコメントを返す。亜矢子も、警戒されない程度にコメントを残すようにした。

それ以外には、精度の高い翻訳サイトの情報など、比較的当たり障りのないことを共有情報として書き込む程度に留めていた。

麻由はほどなく、独自に新しいサイトを探してきていろいろと試すようになった。時恵を通じて知らしめたノウハウや留意事項を守っていれば、大怪我することはあるまい。

しかし、そのうち雲行きが怪しくなりはじめた。平均して週に二度、招集がかかっていた麻由の家での集いが、十月半ばにはぱたりと開かれなくなったのだ。

亜矢子は、自分が爪はじきにされたのかと思って恐怖したが、他のメンバーが《Mayu's café》に〈麻由さん、どうしたの？〉と書き込んでも反応がないのを見て、自分だけが無視されているのではないのだと安堵した。

麻由の身に何か起きたのだろうか。

頼りにできるのは、やはり時恵だった。メッセージアプリのダイレクトメッセージで、〈麻由さん、どうなさったかご存知ありませんか？〉と書き送ってみた。

すぐに電話がかかってきた。

『なんだか、ご主人のご両親にひどく叱られたらしいんです、麻由さん』

時恵は、彼女には珍しくうろたえた声を出した。

「何があったんですか？　いつもの集いのことを咎められたんですか？」

『クレジットカードのことらしいんです』

時恵の説明は、およそ次のようなものだった。

麻由は、自分自身の銀行口座とクレジットカードを持ち、結婚前から持っていた預金はその口座に置いているが、それとは別に義父母からもカードを貸与されていた。「お小遣いに困ったら可哀想だから」というのがその理由で、節度を保って使うように言い渡してはあるものの、実際には使い放題だったという。

『多少は苦々しく思われていたかもしれませんが、麻由さんの贅沢《ぜいたく》って言っても、あのお家の経済力から見れば何てことはなかったでしょうし、かわいいひとり息子の嫁ということで、鷹揚《おうよう》に見てらしたみたいです』

「普段の通販の買い物も、それを使っていたということですか」

『そうらしいです。別に問題はなかったんですが、ただ――』

カード会社から、義父に問い合わせが来たのだと言う。海外の法人名義で高額の請求が来ているが、これは正当な売買行為に基づくものか否か、という確認だった。

『通常、そういう確認ってないんでしょうけど、麻由さんのお家は優良会員で、何かランクの高いカードをお持ちなんだそうです』

「プロパーのステイタスカードですね」

クレジットカードのほとんどは、カードの発行会社（イシュアー）がいずこかの企業と提携して発行する「提携カード」だ。その企業からポイントなどの特典が付与されることを売り文句にして会員募集を行う。特典につられてあちこちの企業や店舗でカードを作成する利用者も多い。

　これに対し、イシュアーが単独で発行するものをプロパーカードと言い、提携による特典はないが、イシュアーから見れば利用者としてのランクは高い。巷間よく噂される「ブラックカード」の類は、このプロパーカードの最上位クラスだ。利用者側からの申し込みはできず、イシュアーからの招待によってしか入会はできない。カードによっては数十万の年会費が必要となるものもある。

『そういう名称なんですか。知りませんでした。選ばれたお得意様というわけなんですね』

「そういうことになりますね」

『とにかく、それで調べてみたら、どうやら、どこかでクレジットカードの情報を盗まれて、不正に利用されたみたいなんです』

「フィッシング詐欺か何かでしょうか」

『わたしにはあまりよくわからないんですけど……』

　さすがの義父母も業を煮やし、麻由を酷く叱責した上、貸与していたカードを召し上げたのだと言う。

ひと通り事情を説明した後、時恵は、

『しばらく、そっとしておいて差し上げたほうがいいかも知れません。わたし、またタイミングを見て、連絡してみます』

と締めくくった。亜矢子は礼を述べ、何かあったら知らせてほしいと告げて電話を切った。

フィッシング詐欺の代表的な手口は、金融機関などを装ったメールを送りつけて、「セキュリティの期限が切れています」だの「定期的な確認です」だのの謳い文句で、銀行口座の情報やクレジットカードの情報を入力させるサイトへ誘導するというものだ。麻由やその友人たちなら、あっさり引っかかってしまう危険性が高い。

麻由の身に起きてしまったことはもう取り返しがつかないが、しばらくの間は彼女もネットで頻繁に買い物をするようなことはしないだろうから、もう大怪我はすまい。それよりも、新たな被害から他のメンバーを護ってやらねばならない。

ただ、自分がメンバーに直接それを指導するのは、例によって軋轢《あつれき》の元になる。

亜矢子はメッセージアプリで時恵に依頼した。

〈金融機関を装ったようなメールが届いてないか、皆さんに聞いてもらえませんか？　もし来ていたら、決して内容を信用しないように伝えてください〉

時恵からの返信は、

〈麻由さんの身に起きたことは、まだわたし以外の方はご存じではないので、それはできません。麻由さんにだけ聞いてみます〉

しばらく時間をおいて、また返信があった。

〈記憶にないそうです〉

簡単に礼の言葉を返信して、亜矢子は《Mayu's café》に今まで麻由が書き込んできたサイトのURLのうちのひとつにアクセスしてみた。

亜矢子自身は今はネットでの個人輸入はしていないため、麻由が入り浸っているサイトのURLを見せられても特に関心も湧かず、そのサイトを訪れることもしなかったから、彼女がどんなサイトを利用しているかは知らなかった。

見たところ、亜矢子がかつて利用していた良質な個人輸入のサポートサイトと似たような作りのページだ。

試みに、適当な商品を選んで決済の寸前まで手続きを進めてみた。すると、カード情報を入力するページのURLが、https://ではなくhttp://で始まっていることに気がついた。

麻由は、セキュリティが不完全なサイトを使っていたようだ。ここからクレジットカードの情報が漏れたのかもしれない。

亜矢子にとっては常識以前の知識だが、麻由のことだ、ｓの有無なんて注意して見ていなかっただろう。つまり、自分のカード情報がなぜ漏れたのか、彼女は認識していないに違いない。ｓの有無についてだけ、さりげなく全員に注意喚起しておくことで、新たな被害を予防できるのではないか。

意を決して、《Mayu's café》に書き込みをした。

〈通販サイトを使うときには、ＵＲＬがhttps://になっているかどうか、気をつけてください。ｓはセキュリティの意味で、それがついていないサイトは安全性に問題がある場合があります〉

何人かから、即座に〈へーぇそーなんだ〉〈亜矢子さん詳しい〉などといった投稿があった。亜矢子はほっと胸を撫で下ろしたが、十五分ほどして麻由からのダイレクトメッセージが来たのを見て、顔色を失った。

〈どうして先にそのことを教えてくれなかったの？　わざと？〉

軽率だったと反省しつつ、すぐに返信を書いた。

〈ごめんなさい、そんなつもりじゃなくて、ただみんなに気をつけてもらいたいと思っただけなんです〉

麻由からの返信はなかった。

その夜、いつものように夜遅く帰ってきた孝哉に、亜矢子はいきなり質問をぶつけてみた。

「唐突なんだけど、ここから余所《よそ》へ引っ越すのって、難しいかしら」

孝哉は「ああ」と気のない返事をしながら、冷蔵庫から缶ビールを取り出し、プルトップを引いて乱暴に呷《あお》った。それから、

「何だって?」

「聞いてなかったの?」

「悪い。で、何だって?」

「もういいわ」

亜矢子はリビングを出て、誠哉を寝かせている洋間へ入った。

ベビーベッドの傍らに膝をついて、すやすやと寝息を立てている誠哉を見つめた。

麻由を中心とするコミュニティから離れがたいのは、誠哉のことを考えるからだ。

時恵の助力を得ても、麻由との関係を好意的なものに変えていくのは至難の業だろう。

麻由のコミュニティは、そのまま子どもたちのコミュニティとして引き継がれる。子どもたちは、おそらく地元の公立小学校に通うことはないだろうが、「お受験」をするにし

ても、通学時間の制限などの関係で、同じ小学校を受験することになる蓋然性《がいぜんせい》が高い。

自分はまだしも、誠哉が地域の同世代の子どもたちから爪はじきにされるような事態は耐えられない。ここに住み続ける限り、その危険は不可避であるように思える。

引っ越したい――

そんな事情を孝哉に理解してもらうのは、おそらく難しいだろう。

しかし今、亜矢子の心を重くしているのは、孝哉の無理解ではなく、孝哉を根気よく説得しようという意思が湧いてこないことだった。たった八か月ほどの休職で、自分の自分たる所以《ゆえん》が信じられないほど擦り減っている。

このままだと自分はどうなってしまうのだろう。ずぶずぶとぬかるみに嵌《は》まり込んでいくようで、暗澹たる気持ちになった。

第四章

9/18(Thu)

登校したら、いつもと雰囲気が違った。

教室に入ると、みんなが私を見て見ぬふりするような、冷たい態度を取る。先週の金曜の黒板騒ぎの時もそうだったけど、あの時はまだ一部の人たちだった。今日はみんなが私を避ける。

そして黒板には、先週と同じような大きな字で、「退学まだぁ？」と書いてあった。

黒板消しでそれを消した。髪や肩が粉まみれになった。

ジュンジュンとミッチは——

それぞれ、自分の席で、気まずそうな顔で私から目をそむけてる。

どうして、ジュンジュンやミッチまで？

でも、すぐに「ああ、何かあったんだな」って思った。

私は、何も悪いことはしてない。こんな陰湿なことをする人のほうが、悪いことをしているんだ。だから、私は誰に対しても、何に対しても、恥ずかしくなんかない。

いつもよりゆっくりと、いつもより堂々と、私は机の間の通路を通って、自分の席についた。

ささやき声が聞こえる。

「パパさんが破産したらしいよ」

「あちゃー、それはお気の毒」

「まあ、パパさんも本人さんも背伸びしすぎやったんとちゃう？」

「でも、パパさん社長さんやってんろ？」

「ママさん専務とかそんなん？」

「町工場に役員っているの？」

クスクスクス。笑い声が左右から飛び交う。

でも、担任の大伴先生が入ってきて、ホームルームが始まると、みんな人が変わったようにピシッとなる。起立、礼、おはようございます、着席。

清く正しく美しい、才色兼備の誉れ高い理奏女の生徒たち。先生も満足げにうなずいて、連絡事項を話しはじめる。ついさっきまでの雰囲気、この教室の裏の姿、というか本当の姿には、気づかない。黒板、あんなにきれいに消すんじゃなかったな。

授業中も、小さく折りたたんだノートの切れ端の手紙が、あちこちで回覧されてるカサカサ音が何度も聞こえた。そのうち一通は、私のところにも回ってきた。

『よく学校来れるよね。度胸あるぅ』

わざと崩した字で書いてあるので、誰が書いたのかはわからない。

休み時間にトイレへ行ったとき、ジュンジュンがすれ違いざまに、悲痛な声で「カツキ、ごめん！」と言ってくれた。ほとんど聞き取れないほどの小さな声だったけど、魂の底からしぼり出したような声だった。

そう言ってくれただけでも、私には十分だよ、ジュンジュン。たぶん、ミッチも同じ気持ちでいてくれてるよね。

9/19(Fri)

またゲタ箱にメッセージが入っていた。こないだと同じ、氷見野って人から。

『あなたの境遇を言いふらして噂を広めたのは、クイーン。

クイーンは、本来なら理奏館《りそうかん》に来るべきではないような生徒を、心から軽蔑《けいべつ》している。誇り高い理奏館女子中学校の気品が穢《けが》れる。そう思っているから。

ましてや、家が経済的に破綻したあなたなど、彼女にとっては唾棄《だき》すべき対象でしかない。

あなたの親友を奪ったのも、クイーン。

彼女たちも、クイーンに睨まれたら、この学校でどんな目に遭うか分からない。だから、態度を豹変させるしかなかった。

さあ、あなたは何をすべきだろうか？』

やっぱり、そうだった。ジュンジュンとミッチが私を避けるようになったのも、鯉沢さんに何か言われたんだ。面と向かってはっきりと、かどうかは別として。

鯉沢さんと私とは、何の関係もない。クイーンとして、ちょっぴり憧れの存在っていう、ただそれだけ。たぶん鯉沢さんのほうは私のことなんて名前も覚えてくれてない。そう思ってた。

でも、確かに、鯉沢さんについて良くない噂も聞いたことがある。何かにつけて他人を見下すとか、取り巻きの人たちがちょっとでも逆らったり気に入らないことがあるとひどい言葉をぶつけるとか。

人の悪口なんて嫌いだから、そんな噂を耳にしても興味なかったし、別にどうでもよかった。

私が目の敵にされるなんて、思ってもみなかった。放っておいてくれたらいいのに。来週は前期の期末テストがある。でも、鯉沢さんのことで頭がいっぱいで、勉強が手につかない。ダメだダメだ、こんなことじゃ。成績が下がったりしたら、それこそ学校やめなくちゃならなくなる。もしかしたら、ものすごくいい成績を取れば、学費のことも考慮してもらえるかも知れないもん。

がんばらなくちゃ。

9/22(Mon)

学校のことは、書きたくない。今日は数学と英語のテストだったけど、自分でも情けなくなるぐらい、できなかった。

家に帰りづらくて、ママに電話して、「ちょっと帰るの遅くなるから」って言った。

「いまどこにいるの?」

ってママは心配そうに聞いてきた。

「学校。ジュンジュンと、居残り勉強して帰るわ」

ウソついてしまった。

「あんまり遅くならないようにね」

ママの言葉が、胸にズシンと突き刺さった。

受話器を置いてボックスを出たけど、何をする気にもなれない。地下鉄の駅のベンチでぼんやり座ってみたり、電車に乗ってただ往復してみたり。

お昼食べてないから、おなかが空いてきたけど、なんにも食べたくならない。

ふと思い立って、銀行へ行ってみた。

パパがいつも使ってる銀行。名前だけは知ってるけど、行ったことがなかった。あ、でも、小さい頃は、ママの用事にくっついて行って、ロビーで絵本やマンガ読んでたり、女の行員さんに風船もらったりしてたっけ。

銀行には、支店がいっぱいある。たぶん工場の近くの支店だろうと思って、電話帳で場所を調べて、バスに乗ってそこへ行った。昔ママと行ったのは、家の近くの支店だったかな。

銀行は、バス停のまん前だった。でも、午後三時を過ぎてたので、もうシャッターが下りてた。

がっかりした。

急に心配になって、周りを見回した。ここはパパの工場の近くだから、うろうろしていて、パパや工場の人に見つかったら、また何か言い訳を考えなくちゃいけない。だって学校でジュンジュンと勉強してることになってるんだもん。

犯罪者が警察官から逃げるみたいに、こそこそとその場を立ち去った。

バカみたい。私、何やってるんだろう。

9/24(Wed)

昨日は祝日で学校は休み。学校に行く必要がなくてホッとしたけど、そんなことでホッとしてる自分が悲しい。

今日は、試験が終わってすぐに学校を出て、一昨日の銀行へもう一度行ってみた。思ったよりたくさんのお客さんでロビーはごった返しだった。窓口がいくつかあるけど、ほとんどお客さんが座っている。空いている席が一つだけあったので、そこへ行った。

書類にぺたんぺたんとスタンプを押している女の行員さんに、おずおずと声をかけた。

「あのう、すみません……」

「はい、いらっしゃいませ」

そう言ってくれたけど、目を上げて私を見て、すぐに不審そうな表情になった。制服姿の中学生が一人で窓口に来たから、何の用事かと不思議に思ったんだろう。

「番号札をお取りになって、お呼びするまでお待ちください」

すごく事務的な口調で、そう言われた。

すごすごと引き下がって、カウンターの端にある小さな機械がべろっと吐き出している紙切れを引っ張った。ぴこーん、と音がした。待ち人数は五人だった。
七、八分して、私の取った札の番号が呼ばれた。呼ばれたとおり、三番の窓口へ行った。さっきの隣の窓口だった。
「いらっしゃいませ。どのようなご用件でしょうか」

「えっと、あの……」

おずおずと番号札を差し出しながら、聞いてみた。

「この銀行に、鯉沢さんっていう人、いますか？」

「鯉沢に、どのようなご用件でしょうか？　何かご相談事でも？」

「相談っていうか……」

会って、どうしようっていうんだろう。

「あいにく、鯉沢は外出中でございます。お父様かお母様はご一緒なの？」

最後はちょっと小ばかにしたような言い方だった。

「いえ、一人です」

「鯉沢さんに何のご用？　理奏女の制服だけど、お嬢様のお友達の方？」

「違います、あの……」

「ちょっと裏へ回ってくれる?」

行員さんは窓口にプラスチックの札を立てて、腰を上げた。

「何でもないです!　もう帰ります!」

私はあわててカウンターから離れた。

「ちょっと……」

「伝えておいてください!　なんでパパにひどいことしたの?　パパが何か悪いことした?　私が何か悪いことした?」

それだけ必死に叫んで、振り返らずに一目散にその場を離れ、銀行を飛び出した。

変な子だと思われただろうな。

あの行員さんから、私のことが鯉沢さんのお父さんに伝わって、それが鯉沢さんに伝わって、私、ますます学校にいづらくなったらどうしよう。それよりも、鯉沢さんのお父さんが私のパパにもっとひどいことしてきたらどうしよう。借金の取り立てとか。

外に出たらバス停にすぐにバスが来たけど、乗らずに、次のバス停まで思いっきり走った。汗まみれになった。

家に帰ってから、ママやパパの顔をまともに見られなかった。でも、気のせいかパパの表情が少しすっきり明るく感じられたので、それが嬉しかった。

よくは聞いてないけど、パパもママも「お金の工面」に走り回ってるみたい。それがうまくいってるのかもしれない。あと、賢人にはまだ何も言ってないらしくて、何も知らない賢人がいつもどおりいちびってるのを見るとちょっと腹立ったりするけど、まあそれはそれでいいや。

考えてみたら、私なんてまだ幸せなほうだよ。おととしの震災で被害受けた人なんて、何千人もの人が家族をなくしたり住む家をなくしたりした。それも、あんな寒い中で途方にくれて。

私には、元気な家族もいるし、住む家だってある。もしかしたら、家は売らなくちゃいけないかも、ってママは言ってたけど、もしそうなっても、なんとかなるよ。きっと。

ばかなことにちょっかい出すのやめて、私は明日のテストをちゃんとがんばろう。

9/27 (Sat)
期末テスト終了。ぜんぜんダメだった。

10/1(Wed)

パパが死んだ。

10/8(Wed)

何を書いたらいいんだろう。

何も書きたくない。

書かなきゃいいのに、私。

でも、何か書かないと、気が狂いそうになる。

頭の整理がつかない。

思い出しながら書いてみる。

理奏女では、期末試験の後、三日間だけ期末休みがある。その最後の日だった。

学校に行かなくてすむから最初の二日間はすごく嬉しかったんだけど、三日目になるとすごく気が重くなってきた。

夕方になると、いても立ってもいられなくなって、家を出た。ママには「ちょっと出かけてくる」ってだけ言って。ママも、私がちょっぴり情緒不安定なの知ってるから、「遅くなったらアカンよ」としか言わずに送り出してくれた。

どこに行きたかったわけでもない。とにかく、明日から学校に行くのがイヤだった。それなのに、どうしてか、私の足は学校へ向かっていた。

恐いもの見たさ、みたいなものなのかもしれない。それとか、口内炎が痛いとき、痛いの分かり切ってるのにそれを確かめようとして、わざわざ何度も舌で触ってしまうのとか、そんなの。

でも、さすがに学校にまでは行けなかった。その近くまで行っただけ。

日もすっかり暮れてしまった。

ふと、パパの工場へ行ってみようと思った。

パパは私や賢人が工場に来るのをあんまり喜ばないから、私も数えるほどしか行ったことはないけど、場所は知ってる。行くと、いつも遅くまで機械が動いて、工員さんが忙しく立ち働いてた。今は、パパも今まで以上に仕事を取って頑張ってるはずだから、とうぜんそうだろうなと思ってた。

でも、工場の門の前まで来ても、建物の中は真っ暗だった。

入口は鉄製の大きな引き戸だけど、いくら力を入れても動かなかった。

どうしてだろう、思わずノックをしていた。鉄の扉だからガンガンと音が響いた。手が痛くなった。

何の反応もないので、工場の隣にちっちゃく建っている事務所へ行ってみた。

こっちも、中から鍵がかかっていた。でも、工場と違って、うっすら明かりはついていた。

窓から中を覗くと、

あかん。もう書きたくない。

10/9(Thu)
あの日のことの続き。
その後、どうしたか自分でも覚えてない。
たぶん、泣きわめきながら外へ走り出て、表通りでママに電話したんだと思う。
ママは確か、私に、そこを動くな、って言ったと思う。
私ほんとうにそこから一歩も動かずにいた。
あとはよくわからない。
次に覚えてるのは、誰かが電話ボックスのドアを乱暴に叩く音がしたこと。
知らない男の人にそこを追い出されて、でも動くなって言われてたから、その前でバカみたいに立ったままでいた。

そのうち、パトカーと救急車のサイレンの音が聞こえてきた。

それと同時ぐらいに、私の目の前をタクシーが通り過ぎて、急に止まって、ママが降りてきた。

ママは大声で私の名前を呼んで、襲いかかるみたいに抱きしめた。

その後ろをパトカーや救急車が走り過ぎていった。

ママは、あなたは家に帰っていなさい、って言ったけど、ママから離れるのが恐くて、必死に首を横に振った。

ママは私をかばうようにしながら、ゆっくりと、工場のほうへ歩いた。

警察の人が、工場のドアを開けて中に入って行った。救急車からも人が降りてきた。

私、そこで気を失って倒れたと思う。

10/11 (Sat)

少し冷静に書けるようになった。

というか、日に日に現実感がなくなってきて、自分に起きたことだっていう感じがしなくなってきて、他人事《ひとごと》みたいに思えてきた、と言ったほうが近いかもしれない。

パパが、工場の事務所で、首をつって自殺してしまった。

最初に見つけたのが私だった。

うす暗い事務所の中を、目をこらしてのぞいたら、少し見上げるような高さのところに、パパが背を向けて立っているのが見えた。

ぴくりとも動いてなかった。

私、バカみたいに、じいっと見つめてた。

その時に考えていたこと、今なら思い出せる。

——あれ、どうしたんだろう。でも、テレビやマンガで見る首つり自殺って、ほら、こう、ぶらぶら揺れたりしてるから、パパはぜんぜん動いてないから、これは首をつってるんじゃないよね。

今から思えば信じられない内容のことを、頭の中で必死に考えてた。

そんな、自分の思考内容が恐くなって、それで泣きながら走り出たんだと思う。

パパは病院に運ばれて、いろいろ調べられて、やっぱり自殺ということになった。

遺書もあった。ママは見せてくれなかったけど、こんなことが書いてあったって。

自分が死んだら、生命保険のお金で、借金が全部払えること。

私と賢人が高校を卒業するまでの学費が残せること。

工場も人手に渡らなくてすむから、ママが経営者になって仕事を続けてほしいこと。難しいことがあれば、税理士さんに相談しなさいってこと。

そのあと、ママは大変だった。

パパのお葬式をしなきゃいけないから、泣いてるひまもなかった。

パパがお金で失敗したことは、親戚の人やパパのお友達も知らなかったから、パパがどうして死んだのかわからず、みんなママを責めた。

お葬式に参列してくれた近所の人とかも、いかにも悲しそうな顔で来てくれたけど、ちょっと離れたところでは顔を寄せ合ってひそひそ話をしていた。聞こえなかったけど、何を言ってるかは簡単に想像できた。

いちばんかわいそうだったのは、賢人だった。

私はまだ、パパの借金のことを聞かされてたから、どうしてこんなことになったのか、理解をするための下準備は、あると言えばあった。賢人は何も知らなかったから、何もかもをいっぺんに知ることになった。

だから、悲しみや怒りや、とにかくありとあらゆる感情を止めることができなかったんだろう。手がつけられないほど泣きわめいて、暴れて、最後は自分の部屋に閉じこもって出てこなくなった。お葬式の間じゅう、出てこなかった。最期のお別れには出てきてくれたけど。

お葬式の後も、ママは大変そうだった。パパも、後がこんなに大変になるとは思ってなかったんじゃないだろうか。

私は、たくさんたくさん泣いたあと、ぼんやり過ごしたり、またふいに泣き叫んでみたりしてた。

学校には、忌引きっていうのがあって、あの日から一週間はそれで休んだ。それから二日間は、体の具合が悪いことにして休んだ。次の日は祝日だったし、今日は第二土曜で理奏女はもともと休みになってるので、考えてみたら、期末テスト終わってこれで二週間ぐらい、私いちども学校行ってない。

今は、行きたくない。

第五章

1

十月下旬の平日の午後、亜矢子はいつものようにベビーカーを押して家を出た。久しぶりに気持ちの高まる外出だった。高校時代の友人のバイオリンの演奏を聴きに行くのだ。

亜矢子の母校は音楽教育にも力を入れており、高等部には共学の音楽科を併設していた。ロケーションが本校舎とは離れていたため、事実上別の高校のようなもので、生徒も外部からの進学が多いが、内部から進学する者もいる。最初からそのつもりで中学から入学してくる者も少なくない。そういった生徒も、「どうせ音楽科に進むのだから」と特別扱いはせず、中学三年生では成績別のクラスに振り分けられるから、決して勉強を疎《おろそ》かにできるわけではない。

　亜矢子と親しかった橘妃美子《たちばなきみこ》も、そんな中の一人だった。高校に進んでキャンパスが分かれてからも、たまには会ったり電話で話したり、という関係を保っていた。妃美子は東京の音楽大学へ進学したため、高校卒業後も亜矢子とは行き来があった。その後、海外へ留学するなどで徐々に疎遠にはなっていったが、若手バイオリニストとして第一線で活躍する姿は亜矢子にとっても大きな励みになっていた。

　孝哉は付き合いのゴルフだと言って早朝から車に乗って出かけて行った。できれば演奏会へ一緒に行ってほしかったが、誠哉と二人のほうが気楽だという気もした。志穂にも声をかけてみたが、来年三月の東日本大震災三周年に合わせて発刊予定のルポ本の企画会議を抜けられないからと言って断られた。レギュラーの雑誌だけではなくて、そんな硬めの仕事も担当しているのかと驚かされた。

　昼過ぎ、誠哉に離乳食を与えてから、ベビーカーを押して家を出た。電車を乗り継いで、都内S区のK駅まで行く。片道一時間弱、誠哉にとってはちょっとした旅行だ。

　今日の演奏会は、『〇歳児からのクラシック』と銘打たれたS区主催のイベントで、地域住民の文化向上を目的として区内の親子百組が抽選で無料招待となっていた。抽選に漏れた区民や区外からの来場者は有料だが、格安に抑えられている。

もっとも、亜矢子には妃美子が所属しているマネジメント事務所から招待券が届いていたから、チケットを購入する必要はなかった。

妃美子から演奏会に招待されるのは初めてだった。〈この前はメールをありがとう。みなさんによろしく〉と手書きされた一筆箋が同封されていた。確か最後に妃美子にメールしたのは誠哉が生まれた後ぐらいだから、もう半年以上も前だ。律儀だな、と感心した。メールには、海外生活が長い妃美子のために、自分自身の近況に加えて志穂から聞いた同窓生たちの話題も少し書き添えておいたが、〈みなさんによろしく〉というのは、亜矢子が同窓会の幹事だと思い違いをしているのかも知れない。

出演者は、妃美子のような若手のクラシック演奏家が数名フィーチャーされている。どれも伸び盛りの演奏家で、イベントの趣旨を考えると、おそらくボランティア同然のギャランティで出演しているに違いない。妃美子以外の演奏を聴くのも楽しみだ。誠哉に幼い頃からこういう芸術に触れる機会を与えておくのも悪くない。

K駅に着くと、演奏会告知のポスターが貼られていた。妃美子の顔も四角い囲み写真で掲載されている。今も自分の選んだ道を揺るがずに進んでいる自信があふれる笑顔が、今の亜矢子には眩《まぶ》しい。

改札を出て、駅ビルの外へ出てみた。ここ最近は日差しも柔らかくなってきたし、誠哉の日光浴にちょうどいいと思った。

二十三区内のJR乗換駅だから、駅前は賑《にぎ》やかだ。巨大な駅ビルには数多くの商業施設も入っており、線路沿いに何棟か連なって、今日の会場であるホールの建屋にまで至る構造になっている。

ただ、駅前の喧騒を離れると、比較的近いところから街の風情ががらりと変わる。元来この地域は下町に分類されるエリアで、大規模な商業施設が林立するようになったのも近年のことだ。

下町には下町の魅力があるが、亜矢子は苦手だった。物理的にも精神的にも、人と人の距離が近すぎる。自分の裁量でその距離を設定できないことに暑苦しさを覚えてしまう。街の外観も、今はまだ昼間だからいいが、夜になるといささか品のない景色に変わるだろう。

ごく短時間で亜矢子は駅ビルの中へ戻った。そのまま屋内の通路をたどって会場まで行く。

ホールは音響がよいことで有名で、クラシックの演奏会にも頻繁に使われている。かつてのバブル時期に文化創造都市とかなんとかいうお題目で作られたいわゆる「ハコモノ」だが、充分に投資額に見合うだけの活用はされているようだ。

ただ、建屋自体は少々華美に過ぎた。下町に突如として場違いな施設が屹立《きつりつ》したようで、滑稽な印象が強い。内部の設《しつら》えも必要以上に豪奢《ごうしゃ》で、スノビズムしか感じられない。

しかし今は、その奢《おご》った設備が有難かった。このホールはバリアフリーが売り物だが、乳幼児連れの母親のことも考慮した施設も十全に備えているのだ。洗面所にオムツ交換の台が複数設置されていることに始まり、個室タイプの授乳室や、乳幼児の世話をしながら舞台の視聴もできるガラス張りの親子室、自転車の駐輪場を模したようなベビーカー預かり所など、およそ痒《かゆ》いところに手が届く作りとなっている。これなら、主催者の言う「親子のための演奏会」という建前も真実味を伴うだろう。

開場時刻よりかなり早く到着したが、すでにホワイエには長い列ができていた。その多くが子ども連れだ。亜矢子と同じようにベビーカーを押している母親も多い。中にはA型ベビーカーにほとんど新生児同然の乳児を横たえている母親もいる。さすがにあの月齢では楽音と騒音の違いも分からないのではないかとは思うが、誠哉も似たりよったりだなと苦笑した。

ほどなく場内へのガラス扉が開かれ、亜矢子はもぎりの担当者に招待券を渡して中へ入った。無料の当選者以外は座席指定がないので、いざというとき客席最後部の親子室へすぐに移れるようにと二階席へ上がる。階段がなく、すべてスロープで移動できるのも嬉しい。

二階ロビーのベビーカー預かり所にベビーカーを置いてロックをかけ、誠哉を抱き上げて、開け放たれた二重の観音扉から客席へ入った。中央のブロックの、列の真ん中あたりに陣取る。いざというとき自分が席を立ち易いことと、他人となるべく隣接したくないという理由で、端の席から座っていく客が多いが、先に来た者が中央から詰めていくのが本来のマナーだと亜矢子は教わったし、自分でもそう思っている。

誠哉をベビースリングから下ろして膝に乗せ、一緒に絵本を読むような姿勢でパンフレットを開いた。何か乳児なりに琴線に触れるものがあるのか、誠哉は演奏者や楽器の写真を指差しては何やら喃語《なんご》を発した。

周囲の客席も、開演五分前を告げるブザーが鳴るまでにはほぼ満席となった。人いきれが濃くなるにつれて、誠哉の喃語も不機嫌そうになってきた。再びベビースリングに拾い上げて、無言であやした。

演奏会が始まると、美しい音楽に乳児ながら心惹《ひ》かれるのか、誠哉の機嫌が少し持ち直してきた。

妃美子は二番目に登場した。彼女自身のリサイタルなどとは違って平易な選曲だったが、心を込めて演奏していることが十二分に感じ取れた。

ピアノとのアンサンブルによる『G線上のアリア』『愛の挨拶』と定番曲が続いたところで、誠哉の機嫌が限界に近づいてきた。

妃美子の出番が終わり、次の演奏者との出入りのタイミングを見計らって、亜矢子は席を立ち、二階ロビーへ出た。この席へ戻って来られない場合に備えて、荷物は全て引き上げた。

洗面所でオムツを替え、ロビーのソファで少し相手をしてやった。それから、親子室へ入った。

親子室は思ったより広く、ゆったりしていた。前面が強化ガラスで覆われているから演奏を直接聴くことはできないが、室内のスピーカーから適切な音量で流れてきている。すり鉢状の客席の先にある舞台を一望に見渡せるポジションは、演劇なら特等席と言えるかもしれない。

既に先客が何人もいた。亜矢子は左端に空席を見つけて、そこへ陣取った。保冷カバーをかけたストローマグで誠哉に乳児用のアップルジュースを飲ませる。

隣の席では、若い母親が授乳ケープを胸に被《かぶ》せて乳房から直接授乳していた。個室の授乳室もあるが、どうせ母子連ればかりだからここでもさほど恥ずかしがることはあるまい、というさばけた性格なのだろう。

演奏そっちのけでわが子をあやしている母親も、三歳ぐらいの男の子が小さなおもちゃを持って室内を走り回っているのも、ここなら微笑ましく感じられて、我慢できる。

我慢できないのは、部屋の右端にたむろしている数名のグループだった。

親子ではしゃぐのもいい。親子連れ同士で会話するのもいい。しかしその一団は、見たところ子どもを伴っているのは一人だけだった。つまり単なる女性グループで、この部屋を利用する立場にない客だ。演奏に飽きたのか、子連れの一人にくっついてグループ全員がここへ移動してきて、ぺちゃくちゃと喋くっている、といったところなのだろう。

亜矢子はうんざりして彼女らの会話を聞くともなしに聞いていたが、ほどなく、とんでもないことに気がついた。

その子連れの母親は、麻由ではないか。

気づくと同時に、咄嗟《とっさ》に身を伏せた。隣の授乳中の若い母親が、何ごとかと思ったのかびくんとなって亜矢子を見た。

上半身を小さくしたまま、グループの会話に耳を澄ませた。間違いない、麻由だ。

どうしてこんなところで？

しかも、奇妙なことに、周囲を取り巻いている仲間たちは、いつものメンバーではない。

もし梨花や翔子たちに囲まれていたなら、亜矢子だってもっと早くそれと気づいただろうし、向こうのほうが先に亜矢子に気づいたかもしれない。

今のところ、麻由は亜矢子には気づいていないようだ。それにしても、室内は薄暗いから容貌ははっきりとは視認できないとは言え、麻由の声なら嫌というほど聞いているのに、なぜすぐにそれと気づかなかったのだろうか。

話し方が違う。麻由も、周囲の友人たちも、いつも麻由の家のゲストルームで交わしている会話とは、言葉遣いが全く違う。

「――でサ、ヤツが言うわけよ。色つけるからナマでやらせろって。ふざけんじゃないよって言ったら、逆ギレされてさ」

「何それ、マジくそヤバー」

「あれはブラックリストに入れといてよ、ヒロリン」

「でもそいつ、いくら上乗せしてくれたんだろうね。それ次第で考えりゃよかったんじゃないの？」

「カンベンしてよ。うっかりできちゃったらどうすんのさ」

「堕ろせばいいじゃん」

「誰がその金出すんだよ。バッカじゃねえの」

「麻由リンの前でそれ言うー？　ヒーちゃん鬼畜」

「悔しかったら産んでみな」

「しっかし麻由リン、すっかりヤンママになっちまったねー。衝撃」

「三十超えてヤンママなんてウケなくない？　世間じゃもうカビ生えたババアじゃん」

「カビ生えててもいいよ。あんたら蜘蛛《くも》の巣張ってんじゃん」

「張らない程度には仕事してるってば」

「自慢になるかよそんなの。それに、赤んぼ出ると、外も中もキレイになんだよ」

「まんこの中なんて見えないじゃんか」

「ちゃんとわかんのよ経験積めば。女子力低いなアイコ」

一同はどっと笑った。

マジくそヤバー、と笑ったのは麻由だ。産んでみな、と蜘蛛の巣張ってんじゃん、も麻由だ。確かに日ごろの会話も決して理知的とは言えないが、こんな蓮っ葉な言葉を吐く女ではなかった。

その疑問は、続く会話で氷解した。

「麻由リン、結婚しても子どもできても、ちっとも変ってないねえ。ガッカリした」

「安心した、の間違いじゃん？」

「いやさ、ずっとこのあたりでアタシらとつるんでた麻由リンがだよ、高級住宅街のボンボンくわえ込んで玉の輿《こし》乗ったんだよ？　白雪姫みたいに大化けしたとこ、アタシらも見たいじゃん？」

「それシンデレラじゃん」

「うっせえな、どっちでもいいんだよ。なのに麻由リン、化粧だきゃ上品になったけど、あとはそのまんま」

「いやいや、あん頃の麻由リンのこと考えたら、変わったじゃん？　なんだっけ、前に彼氏寝取られて、彼氏と女と両方、ヤバい連中に頼んで袋叩きしたりさあ。ああいうとんがったとこ、ないもんね今の麻由リン」

「そうだ。ケッサクだったのはアレよね。電車で」

「痴漢のヤツ？　あのサラリーマン、やっぱ濡《ぬ》れ衣《ぎぬ》だったんしょ？　よく大人しくおカネ出したわ、アイツ」

「恐喝よ恐喝。アタシ横で見てて冷や冷やしたって、いやマジで。荒っぽいヤツだったらどーしよ、ってさ」

「ワルだったよねー、麻由リン」

「やめてよもう、そういうのはさ」

麻由は迷惑がるが、まんざらでもなさそうだ。自分でも武勇伝だと思っているのだろう。

「ダンナは何て言ってんの？」

　麻由が答える。

「家にいるときゃネコかぶってるから平気。あったりまえじゃん、セレブな若奥様なんだからさ。ああ、でもやっぱあたしってば、こっちにいるほうが気楽でいいわ」

　麻由はこの近くの出身なのだ。今日は地元の古くからの友人と寄り集まっているのだろう。おそらく友人たちは演奏会にはさしたる興味もなくて、子連れの麻由と長時間だらだらと一緒に過ごせる場所としてここで集っているだけなのだろう。

「ダンナ気の毒う」

「文句あんの？　やることやってるし、ヤることヤらせてやってんだから」

「でもマジ、うまく騙《だま》したよねえ」

「ジジババはどんななの？」

「大丈夫バレてない。最初に同居っつって言われたときはマジ引いたけど、なんとか逃げたし」

「危機いっぱぁつ」

「あ。でもさ」

　麻由が声を潜めた。

「最近マジヤバかったのが、ちょっとあたしクレカでドジ踏んでさ。なんかネットでカード情報抜かれたらしくって。ジジババのカード使ってやってたんだけど、禁止食らっちゃった。痛手も痛手、大痛手」

「何なのそれ」

「すんごいあくどい業者がいてさ。セキュリティって言うの？　どんだけガードしても破ってくる業者だったんだ。たぶんあたしがよくカードで買い物してるセレブだって目つけて、狙い撃ちしたんだと思う。抜かれた情報で勝手に使われて。それも数百万」

「ひえー」

「金持ちには金持ちの悩みがあるんだねー」

事実はそんな狙い撃ちではなく、麻由の不注意が原因だが、昔の友人相手だから見栄を張っているのだろう。

「何とか相手突き止めてぶっ殺してやりたいんだけどな。あたしも忙しくてさ」

興奮してきたのか声量が大きくなってきた。亜矢子は居たたまれなくなり、麻由に気づかれないうちにそっと親子室を出ようと考えた。

しかし、周囲の来場者たちも同じように考えたらしく、一人また一人と、子どもを抱きかかえ、あるいは手を引いて、静かに外へ出て行ってしまう。

亜矢子の隣の若い母親も、そそくさとブラウスのボタンを留めて立ち上がった。亜矢子は、麻由からの格好の目隠しを失った。

「だったら麻由リン、アタシらの話、乗らない？　まだまだ募集中よん」

「ああ、それ？　うーん、考えとくわ」

「よろしくぅ」

ゲラゲラと笑い声がした。

「けど、なんでそんな業者がウロウロしてるようなサイト使ったのさ」

誰かが麻由に尋ねた。

「それがさ。うちのママ友仲間にすんごいお高く留まってるのが一人いてさ」

自分のことだ、と直感した。

「そいつが、いろいろお節介焼いて、いろんなサイト教えてくれるんだけどさ。その中に混じってたんだよそのサイトが。あれは罠《わな》だったのかも」

「なんで罠なのさ」

「よくママ友会であたしにやり込められるから、恨んでんじゃないかな」

ちょっと待ってよ、と亜矢子は狼狽《ろうばい》した。亜矢子が麻由に具体的な通販サイトについて直接教えたことは一度もない。《Mayu's café》に書き込んだのは一般的な話題だけだし、時恵を通じていくつかのサイトは紹介したが、麻由が引っかかったのは自分で勝手に見つけてきたサイトではなかったか。

「その前にもさ、なんか個人輸入っていろいろ制限あるらしいんだけど、それあたしわかんなくて、なんかいっぺんにたくさん注文したら税金かかったり没収されたりするんだって、そんなことも教えてくれなくってさ。痛い目に遭ったりしてさ」

それこそ、《Mayu's café》で周知した内容だ。化粧品は、二十四個口までなら個人利用として税関での審査対象外だが、それを超えると営業目的の輸入と見なされ、審査が必要となる。亜矢子の投稿を麻由が読んでいないか、覚えていないかのどちらかだ。それで逆恨みされても困る。

亜矢子は思わず、キッとなって麻由のほうを向いた。

何の音も立てなかったし声も上げなかったが、空気の動きと視線の圧力だけでも、麻由の注意を惹くには充分だった。

目が合った。

勢いよく次の台詞《せりふ》を吐こうとしていた麻由の口は、あんぐりと開いたまま凍りついた。

不意に、誠哉が泣きはじめた。呼応するように、麻由の息子の永大も泣きわめきはじめた。

亜矢子は広げていた荷物をバッグの中に押し込むと、素早く誠哉を抱き上げ、逃げるように親子室を飛び出した。

　何も見たくないし、何も聞きたくなかった。

　その日の夜、麻由からメッセージアプリでメッセージが届いた。

〈今日、あたしたちは会わなかったし、何も話してない。お願い〉

　ちょっと意味は通っていないが、言いたいことは分かった。

〈ええ、それでいい〉

　そう返信した。

　少し時間をおいて、麻由から返信が来た。

〈ありがとう〉

　意外だった。

　しかし、もしかしたらこれで麻由との関係が好転するかもしれないと期待が膨らんだ。

　亜矢子は、麻由の弱みを握った。もちろん亜矢子は、それを使って麻由に対して優位に立とうなどとは小指の先ほども考えていないし、麻由がそれを引け目に感じて亜矢子に謙《へりくだ》ることを予想も期待もしていない。ただ、彼女が一方的に抱いているとしか思えない悪感情を抑制してくれる契機にはなるかも知れない。そう思ったのだ。

もっとも、今日の遭遇を「なかったこと」と定義づけたことによって、個人輸入の情報に関して麻由の誤解を解くために説明する機会も失われた。麻由にとっては、亜矢子が今まで麻由に強いてきた仕打ちを考えれば麻由の瑕疵《かし》を見て見ぬふりしてくれることなど当然だ、ぐらいに考えているに違いない。

悩ましい問題が増える一方だな、と亜矢子はまた憂鬱になった。

2

麻由の家での集いが再開された。クレジットカードの件で義父母の勘気を被っていたが、何とかそれも解けたようだ。

さすがの麻由も通販の話題は懲りたのか、ほとんど触れなくなった。他のメンバーが麻由の身に起きたことを知っているのかどうかは分からないが、麻由の翼賛者としての立ち位置を堅持することに変わりはなかった。

麻由が亜矢子に突っかかってくることも少なくなり、亜矢子も今まではいくらか自由に発言できる雰囲気になった。

ただ時おり麻由は、値踏みするような、あるいは腹の底を探るような視線で亜矢子を見る。亜矢子の言動を警戒しているようでもあり、高圧的な態度で支配を試みているようでもある。

　亜矢子と麻由とは、いつ崩れてもおかしくない危ういバランスの上で睨み合いをしているようなものだった。

　通販に代わって麻由の関心の的となったのは乳幼児教育、いわゆるプレスクールだった。

「子どもの能力って、三歳までに決まるって言うじゃない？　なんか、後で取り返しがつかないように、ちゃんと早期教育受けさせてあげるのが、親の務めだって思うわけよ」

　梨花、翔子、みのりがうんうんと頷く。

「たとえば英語にしたって、日本人って学校であんだけ英語勉強したって、まともに使えるようにならないじゃない。で、結局、英会話学校行ったり、語学留学したりしなきゃ喋れないし。って、あたしも喋れないけど」

「わかるわかる。あたしなんて日本語だってあやしい」

　映子が素早く応じ、一同はどっと笑う。予定日まで二か月を切って膨らんだ腹部が苦しいのか、麻由が用意してくれた座椅子に上半身をべったりと預けている。

「あたしも麻由さんに言われて、いま必死でスクールのパンフ集めたり、ホムペ検索したりしてる」

と梨花。翔子が不安そうに言う。

「三歳までって言ったら、うちのヒイロなんてもう一歳半だけど、今からでも大丈夫かなぁ」

「大丈夫とか大丈夫じゃないとかじゃなくて、一日でも早く始めたほうがいいってことよ。ね、麻由さん?」

「そういうことね」

「マリアちゃんママ、ずるいよぉ。後でいろいろ教えて」

「わたしもお願いしていい?」

とみのり。

「いいわよ。じゃあ、サロンとかで」

梨花が答えると、麻由が急に鋭い目になって梨花を睨んだ。梨花ははっとなって首をすくめ、

「うん、とにかくまた後で」

と言い、そのまま口を噤《つぐ》んだ。

すぐ後を引き取って、時恵が麻由に話しかけた。

「麻由さんは、永大くんには英語のスクールも通わせるおつもりなんですか?」

「そうねえ。やっぱり、ほら、グローバル社会って言うじゃない？　英語はマストかな、って思うわけよ」

「そうそう、わかるわかる。ってか、胎教のうちから始めたほうがいいかしら、とか思うもん」

映子が突き出した腹を撫でる。

「なんかね、最近の研究だと、人間の脳って三歳までに八割完成しちゃうらしいわよ。逆に言えば、そこまでに覚えたことって、一生なくならないと思うのよ」

麻由が一同を見回す。

「あと一年半しかないなぁ」

翔子が大げさに嘆き、また笑いを誘った。

彼女たちの会話に、賛同すべき点がないわけではなかった。これからの日本人は、英語ぐらいは当たり前に喋れてほしいと思う。しかし、三歳までに教えたことが後で役に立つとはとても思えない。

英語が喋れるかどうかは、教育より単なる慣れの問題であって、脳が完成する前に覚えたことが残るなどという部類の話ではない。そもそも、三歳までに八割完成するという説明も、何の根拠があるのか分からない。おおかた、どこかの幼児教育の業者の謳い文句をそのまま引っ張ってきたのだろう。

「アメリカ人はみんな頭がいい、だって彼らはみんな英語が使えるから」というジョークがあったが、英会話ができるできないは自転車に乗れる乗れないと同じことで、練習すれば誰にでもできる。

いくら英語が話せても、話す中身が空っぽだと国際社会では見向きもされない。それなら、中身のあることを日本語で話して通訳してもらったほうがまだましだ。

麻由たちにとって、子どもをプレスクールに通わせるのは、「そこまでしている」という自己満足や虚栄心を満たす目的のほうが主なのだろう。自分たちが気づいているか否かは分からないが。

麻由は引き続き、早期教育によって脳のシナプスがどうのこうのとどこかから借りてきたような台詞を力説し、翔子たちはそれを一心に聞き入っていた。

と、電話が鳴った。誰かの携帯電話ではない。キッチンのカウンターに置かれたコードレスホンのほうだ。

「ちょっと待ってて」

麻由が顔を顰《しか》めながら席を立ち、電話を取った。

「はい……はい、あ。はい、麻由です。はい……え?」

顔色が変わった。

「はい、すぐに行きます。行きますけど……ちょっと待って、お義母《かあ》さん、何の話ですか、それ？」

亜矢子たちは、何ごとかと顔を見合わせた。

「誰がそんなこと言うんですか？　はい……はい……どうしてそんな……とにかくすぐにそちら行きますから！」

麻由は電話を切り、険しい顔でテーブルに戻ってくると、

「ごめんなさい。母屋に呼ばれたんで、行ってくるわ。長くなりそうだから、今日はこれでお開きにしてもいい？」

母屋というのは、麻由の義父母の住まいのことだろう。

「何かあったの？」

梨花が心配そうに聞く。

「大したことないわ。よくあるのよ、呼びつけられることって」

麻由はさも何ごともなかったように軽く唇を尖らせたが、亜矢子の知る限り、集いの時間帯に麻由の義父母から連絡が入ったことなど一度もなく、干渉されている様子は感じられなかった。クレジットカードの件で監視が厳しくなったのだろうか。

「しかたないですね。それじゃ、お暇しましょう」

時恵が率先して腰を上げると、他のメンバーもそれに続いた。梨花とみのりはそれぞれ自分の子どもを抱き上げ、翔子は息子の手を引いて、映子は腹を庇《かば》いながら立ち上がった。

しかし、亜矢子が真っ先に部屋を出ようとすると、麻由が呼び止めた。

「亜矢子さんだけ少し残ってて」

「あたし？」

「そう」

険悪な気配を感じ取ったのか、一同は「それじゃね」と口々に声をかけながらそそくさと退散していった。

心配そうに振り返りながら、最後に時恵がゲストルームを出て行った。ほどなく玄関ドアが開閉する音が聞こえて、すぐに静かになった。

「亜矢子さん」突っ立ったまま、麻由が口を開いた。「裏切ったのね」

「どういう意味？」

意味が分からなかった。

そのまま質問した。

「ばらしたでしょう」

「誰に？　何を？」

「他に誰がいるの？　亜矢子さん以外に」

「だから、何の話なの？」

「しらばっくれないでよ。なんでわざわざ、うちのジジババに告げ口するわけ？　仲間うちで喋ってる時に口滑らせた、なんてのならまだ可愛いけど、わざわざ親に言うなんて、嫌がらせにもほどがあるじゃない？」

ジジババ、という言い方でようやく理解できた。

「言ってないわ。誰にも言ってない」

「だったら、なんでジジババがそれ知ってるのよ？」

「あたしが言うわけないでしょう？　なんでそんなことしなくちゃならないの？」

「こっちが聞きたいわよ！」

麻由は両腕を広げ、手を顔の高さまで持ち上げて、何かを床へぶちまけるように勢いよく腕を振り下ろした。

「とにかく、このお返しは絶対にさせてもらうから。忘れないで！　さあ、帰って！」

「麻由さん、聞いて！」

「帰って！　もう来ないでよ！」

亜矢子の訴えには全く耳を貸さず、麻由は亜矢子の肩を強く押した。亜矢子はつんのめって危うく転倒するところだった。突然の動きに恐怖したのか、ベビースリングの中の誠哉が火でもついたようにわあわあと泣き叫びはじめた。

危害を加えられてはたまらない。亜矢子は逃げるようにゲストルームを出て、急いで靴を履き、玄関脇に置いてあったベビーカーのハンドルを握って畳んだまま持ち出した。

門の外へ出てからベビーカーを開き、誠哉を収めた。しゃがみ込んだまま誠哉をなだめていると、塀の陰から時恵が近づいてきた。

「どうなさったんですか?」

亜矢子は誠哉の額を撫でながら振り仰いだ。

「わかりません。何か、あらぬ誤解を受けているみたいなんです。麻由さんから」

「どんなことですか?」

内容を説明するのは憚《はばか》られた。亜矢子が言い出しかねているのを見て、時恵はすぐに質問を取り下げた。

「ともかく、麻由さんも今は気持ちが高ぶってらっしゃるようですから、それが収まるのを待って、それとなくとりなしてみます」

時恵は悲しそうな表情でそう言った。

「ありがとうございます」

亜矢子は礼を言い、時恵に見送られて帰路についた。

3

数日して、時恵から電話があった。

その時、亜矢子は授乳中だった。最近は母乳の出も乏しくなってきたので、あらかじめ搾乳して冷蔵庫で貯蔵し、まとめて誠哉に与えるようにしている。それ以外には粉ミルクやジュースを飲ませたり、離乳食の量を少しずつ増やしたりしている。

電話は後で折り返そうかと思ったが、発信者名が時恵なのを見て、急いで出ることにした。右手は哺乳瓶を握っているため使えず、誠哉を抱えた左手でテーブルの上のスマートフォンの画面にタッチし、すぐにスピーカー通話に切り替えた。

『麻由さんと、ようやく話すことができました。それで、亜矢子さんにお伝えしようと思って』

挨拶もそこそこに時恵が切り出した。

『麻由さん、ご結婚前は、その、何と言うか、あまりお行儀のいいお嬢さんじゃなかったそうなんです。それは、ご主人やご主人のご両親には内緒にしてらして。それを、この間、亜矢子さんに知られてしまった。そうおっしゃってました。本当ですか？』

亜矢子は逡巡《しゅんじゅん》したが、嘘をつくわけにはいかなかった。

「……ええ。偶然、昔のお友だちと一緒のところに居合わせてしまって」

『そうだったんですか。麻由さん、それを亜矢子さんがお義母さんに告げ口したんだと思い込んでらっしゃるんです』

「そんなこと、していません！」

亜矢子は叫んだ。

「麻由さんから内緒にしてほしいって頼まれて、だから誰にもそのことは言ってないんです。誰にも」

『麻由さんは、お義母さんがそのことをどうやって知ったのか、亜矢子さんにはおっしゃいました？』

「それは聞いてません。ただ、『ばらしたでしょう』とだけ」

『そうですか……麻由さんがおっしゃるには、匿名の手紙が来たんだそうです』

時恵の説明によれば、手紙の内容は麻由の過去の行状を暴いたもので、義父母としてもそれを鵜呑《うの》みにしたわけではないが、麻由に何も疚《やま》しいところがなければそんな中傷を招くはずもないと考えた。

『手紙には、麻由さんの昔のお友だちの名前や連絡先も書いてあって、もし疑うなら好きなだけ調べればいい、などと書いてあったそうなんです。それでご両親は、興信所に調査を依頼されたんだそうです』

本人たちが公衆の面前で隠そうともせず声高に話していたことだ。調べるのは容易だったろう。

「その手紙を、あたしが？」

『麻由さんはそう思い込んでいます』

時恵はため息を漏らした。

「あたしじゃありません。信じてください。だって、たまたま居合わせただけなんです。麻由さんの友だちの名前や連絡先まで知ってるわけないじゃないですか」

亜矢子は必死に訴えた。

『ええ、ええ、わかります。でも麻由さん、亜矢子さんが自分を陥れるためにいろいろ調べて回ったのに違いない、っておっしゃって、とても頑《かたく》ななんです。あのご様子だと、この誤解を解くには、時間をかけるしかないと思います』

「そんな……」

調べ回った上での告げ口だとしたら、何も亜矢子に限らず、梨花や翔子にも可能ではないか。彼女たちだって、決して心の底から麻由に心酔しているわけではないはずだ。麻由が玉の輿に乗る以前の経緯についても、全く知らなかったとは考えにくい。

「あたしだけが疑われる筋合いなんて、ないはずです」

つい声が高くなり、時恵を非難する叫びのようになってしまった。

『そう思います。でも、性急に説得しようとしたら、わたしまで疑われそうになって……わかってください。亜矢子さんと麻由さんの間を取り持つためには、わたしまで睨まれてしまったら、もうその手立てがなくなってしまうんです』

今度は時恵が必死に訴えてきた。

『とにかく、しばらく時間をおきましょう。だから——』

時恵が話を続けようとした時、いきなり誠哉が泣きはじめた。時恵が何を言っているのか全く聞こえない。

亜矢子の中で、ぱちんと音を立てて何かが弾け飛んだ。

「うるさいの！」

哺乳瓶をかなぐり捨て、誠哉の頬を平手で叩いた。ぱちん、と音が響いた。狂ったように泣き叫ぶわが子を見ながら、さっきの「ぱちん」は、今の平手打ちの音が前もって自分の中で響いたんだな、とぼんやり思考した。

その一方で、亜矢子の体は思考とは関係なく衝動的に動いていた。握れば捻《ひね》り潰せそうな誠哉の肩を摑んで、ぐらぐらと前後に揺する。

「静かにしてったら！　静かに！」

誠哉がひくっ、ひくっとえずいた。

亜矢子は我に返り、誠哉の両脇から手を入れて抱き上げ、顎《あご》を自分の肩に乗せて背中を軽く叩いた。いつもならげっぷをするところだが、今日は飲んだばかりの乳をぶっと吐き出した。

亜矢子の肩と、テーブルの上のスマートフォンが嘔吐《おうと》物にまみれた。

「もう！　何なの！」

亜矢子は再び冷静さを失った。

「何なの、この子は！」

抱き上げたまま、誠哉の体を前後に、そして上下に揺さぶる。

『亜矢子さん？　亜矢子さん？』スマートフォンから時恵が呼びかける。『落ち着いてください！　落ち着いて！』

不自然な体勢で誠哉を抱き上げ続けて、亜矢子は腕がだるくなってきた。それでようやく、誠哉を解放してベビーベッドの上に寝かせるに至った。

『亜矢子さん？　何してるんですか？』

時恵の心配そうな叫びが続く。

亜矢子は大きく息をついた。疲れていた。今まで気づかないふりをしていた心身の疲れが、どっと噴き出したように感じた。

誠哉も泣き疲れたのか大人しくなった。口の周りや首に薄茶色の嘔吐物がまとわりついている。

『亜矢子さん？　大丈夫ですか？』

ようやく、時恵の呼ぶ声が耳に入るようになった。ハンドタオルで誠哉の口もと、自分の肩、スマートフォンの表面を拭った。

「ええ……大丈夫です。突然、取り乱してしまってすみません」

『困ったことやおつらいことがあったら、何でも相談してみてくださいね。大したお力にはなれませんけど』

「はい。ありがとうございます。ちょっと、休みます……」

『そうなさったほうがいいと思います。また電話しますね』

通話は切れた。

亜矢子はのろのろと立ち上がり、ウエットティッシュを持ってきて、誠哉が汚したところをきれいに清拭した。

自分の中にあんな衝動が閉じ込められていたことに自分でも驚かされた。あれでは、単なる八つ当たりだ。何の関係もない、言葉も話せない乳児に当たるなんて、最低だ。うとうとと眠り始めた誠哉を眺めながら、もう二度とあんな衝動を爆発させはしない、と心に誓った。

4

麻由が《Mayu's café》にいつもの集いへの誘いを投稿してきた。亜矢子は、前回「もう来ないで」と言われた手前、参加は見合わせることにした。麻由自身に言われたことだから、欠席の返事をする必要もないと思っていた。

しかし当日になって、〈どうして来ないの？　何か後ろ暗いことでもあるの？〉と書き込みが入った。その直後に、時恵から〈麻由さんを避けると、傷口が広がると思います〉とダイレクトメッセージが入ったので、仕方なく支度をして出かけた。

遅れて着くと、場はいつものように雑談で盛り上がっていた。ただでさえ彼女らの会話の流れに途中から合流するのは難しい。おまけに、麻由はことさらに亜矢子を無視するような態度を取る。他のメンバーは、麻由からどこまで事情を聞かされているのか分からないが、とにかく麻由の顔色を窺ってそれに付き従うことしかしない。

さすがに居たたまれなくなって中座しようと考えたが、それを察知した時恵が目顔で制止した。

結局、「遅れてごめんなさい」と「さようなら」のふた言以外に何も発することなく、亜矢子は一時間ほどをそこで過ごした。

母親の情緒不安定が伝染するのか、誠哉は終始不機嫌そうにうわうわと唸《うな》っていた。誠哉の声が大きくなるたび、麻由は聞こえない程度の舌打ちをして、蔑視するような目つきで亜矢子を見た。

——誠哉の何がいけないの？

憤激して叫びたかったが、それも時恵の微かな首の動きで制止されて思い留まった。

帰り道、ベビーカーを押す両手に痛みを覚えた。無意識のうちにハンドルを握る両手に力が籠って、爪が手のひらに食い込んでいた。

しかし、帰宅すると、梨花たちから次々とダイレクトメッセージが入った。

〈亜矢子さんごめんねー。詳しくは聞いてないいんだけど、なんか麻由さんが超機嫌悪くっ

て、ふんいき合わせなきゃって思って〉

〈あたしも麻由さんににらまれたらアレなんで、嵐が過ぎ去るの待ってんだ〉

〈心の中では亜矢子さんの味方だからね〉

少し救われた思いだった。

それに力を得て、次の集いにも顔を出した。前回と同じような場面が展開された。麻由以外のメンバーは、亜矢子のことなど意に介さないように会話に打ち興じる。唯一、時恵だけが時おりすまなさそうな視線をちらちらと投げかけてきた。

帰宅すると、前回同様、各メンバーから詫びのようなメッセージが来る。それを見て、亜矢子は自分を慰めた。

他方、《Mayu's café》の掲示板には、亜矢子を無視して展開された今日の話題に関連する情報や提案が、次々と投稿される。そのいずれもが、亜矢子から見ればとっくに周知の事柄や、箸《はし》にも棒にもかからないような質の低い内容だ。読んでいてうんざりする。誤りを指摘したり、より正確な情報を提供したり、そういうことをしてやりたいが、不用意に書くとまた麻由の機嫌を損ねるだろう。

自分の能力や知見を発揮する機会を封じられることが、亜矢子には重荷になった。職場で厄介な案件を複数押しつけられた時でも、これほどのストレスは感じなかった。

どうすればよかったのだろう。あるいは、これからどうすればよいだろう。

亜矢子の思考は、常に原因究明と対策立案へと向かう。しかし、ことは麻由の内面に起因しているから、論理的に考えたところで解決できるものでもない。それでも亜矢子は、思考することをやめられない。損な性分だと思った。

無駄な思考に頭の中が占領されているせいで、身の周りのことへの注意が疎《おろそ》かになって、日常生活においてつまらないミスをいくつも繰り返すようになった。

最初のうちは些細な失敗だった。ベランダで乾いた洗濯物を取り入れて洗濯かごに入れ、そのまま洗濯機の前へ直行して、取り入れたばかりの衣類を放り込んでもう一度洗濯してしまったり、鍵を持たずにマンションの外へ出てオートロックに締め出され、長らく使ったことがない暗証番号をすっかり忘れて中に入れず、携帯電話も持っていなかったのでその場で管理会社に連絡もできず、他の住人が帰館して一緒に中に入れてもらうまで三十分近く身動きが取れなかったり、という程度のことだった。

しかし、キッチンの火の不始末は、笑いごとでは済まされなかった。

ある日の夜、炒め物を作っていたところへ誠哉の泣き声が聞こえたので、ベビーベッドを置いてある洋間へ飛んで行って様子を見た。オムツを替えてやり、洗面所で手を洗って、その後どうしたわけかキッチンへ戻らず、寝室で郵便物の整理などを始めてしまったのだ。

焦げ臭さに気づいて、大慌てでキッチンへ急行した。フライパンの中身はすっかり焦げついていた。ガスコンロには異常高温を感知して自動消火する機能がついているし、万が一の際にもスプリンクラーが働くから滅多なことはなかったろうが、それでも肝を冷やした。

折悪しく、その片付けが終わらないうちに孝哉が帰宅した。

「……何の臭いだ？」

靴を脱ぐなり、孝哉は疑問を呈した。亜矢子は正直に説明した。

「困るな。スプリンクラー程度でも、たぶんここの常識だと立ち退きを言われると思うぞ」

「わかってるわよ、それぐらい」

反論のしようがなかった。自分の不注意だ。しかし孝哉はさらに言い募った。

「わかってたら、ちゃんと注意してくれよ。君らしくもないぞ」

――君らしくもない。

その言い方が、亜矢子の心を逆撫でした。

「あたしらしくないって、どういう意味？　孝哉さんが考えるあたしらしさって、いったい何？」

「なんでそんなに突っかかってくるんだ？　別に君を責めてるわけじゃない。不注意を指摘しただけじゃないか。大きな事故にならないよう気をつけてくれ、と言いたいだけの話だ」

「責めてるじゃない。違う？　どこが責めてないって言うの？」

亜矢子が言い募ると、孝哉も刺々《とげとげ》しい言い方に変わってきた。

「だったら言うけど、コンロについては、僕は最初から賛成してなかったよな？　でも君は、絶対に大丈夫だ、って約束した。だったら、と僕は認めた。その責任を果たせなかったのは、君だろう？」

もともとこのマンションのキッチンにはガスコンロはなく、ＩＨクッキングヒーターが設置されていた。亜矢子はそれが気に入らなくて、業者に頼んでガスコンロに取り換えてもらったのだ。ガスの強い火力が欲しかったし、細かな火加減や適合する調理器具のことを考えてもそのほうが望ましかった。

孝哉は安全性を重んじて反対した。彼は「僕も家事は積極的に分担するから、僕の希望も考慮してくれよ」と言った。その言葉は嬉しかったが、亜矢子は自分の意見を通した。分担とは言っても、主として家事をするのは自分のほうだと思ったからだ。完全にイーブンの負担となることを期待するほどお目出度くはなかったし、男女平等というのは双方が全く同じ機能を果たすことだとも思っていなかった。

しかし結果的に、孝哉の家事負担は亜矢子の期待をも遥かに下回るレベルでしか果たされなかった。

「約束を守らなかったのは孝哉さんも同じじゃない。結局、家事はほとんどあたしに押しつけでしょう?」

「君がそれを望んだんじゃないか。僕に応分の負担をさせたいなら、コンロ一つ取ってみたって、僕の要望を容れてくれるべきだったんじゃないのか」

確かに、ガスコンロの件は孝哉が台所仕事から逃げる格好の材料にされた。それを契機として、孝哉はあらゆる家事を忌避するようになっていった。いざそうなってみると、あらかじめその事態を心のどこかで予測していた自分に気づき、亜矢子は孝哉にも自分にも腹立たしいものを感じた。

「家事負担なら、今からいくらでも挽回させてもらうよ。けど、家から火を出したら、二度と取り返しがつかないんだぞ。君の言う僕の約束違反と、僕が言っている君の約束違反とは、全然重みが違う」

孝哉は胸を張って言った。屁理屈だと思った。知り合った頃は、理屈立てて話をするところが孝哉の大きな魅力だと思っていたが、今は鬱陶《うっとう》しく感じるだけだ。

「バカなこと言わないで！　だいたい――」

亜矢子が言い返そうとした時、どさっという鈍い音がした。

亜矢子は発言を中断した。孝哉は怪訝《けげん》そうな顔で眉根を寄せて亜矢子を見たが、亜矢子には何の音なのか即座に判断できていた。

「誠哉！」

脱兎のようにその場を離れて洋間へ飛び込んだ。

ベビーベッドの柵をうっかり下ろしたままだった。誠哉がそこから床へ転落したのだ。

誠哉は、ううううと唸るだけで泣いてはいなかった。が、亜矢子が抱き上げると、声を限りに泣きわめき始めた。

不幸中の幸いにも、さっきオムツ交換をした後、紙オムツのパックがベッドのすぐ脇に置きっぱなしになっていて、誠哉はそこへ落下してから床に転げ落ちたようだ。乳児は頭が重いから間違いなく頭から落ちたはずで、これがクッションにならなければ、酷いことになっていたかもしれない。

ごめんね、ごめんねと口走りながら胸に抱いた誠哉を撫でていると、孝哉が部屋に入ってきた。一瞥《いちべつ》して何が起きたかは察したらしい。

「何てことをしてくれたんだ！」

気色ばんでそう叫んだ。

「大丈夫、大丈夫よ、直接床に落ちたんじゃないから、大丈夫」

亜矢子は弁明した。

「そういう問題じゃないだろう。それはたまたま幸運だっただけだ。さっきのガスコンロと同じじゃないか。取り返しがつかないことになる可能性があったんだから」

「でも……誠哉、まだ寝返りできないのよ。だから、まさか落ちるなんて」

生後五か月ごろから寝返りをする子が多い、と育児情報サイトなどで目にして、誠哉はまだだろうかと不安になったこともあった。何度か補助をして促してみたこともあったが、自力で寝返りを打ったことは一度もない。おそらく、腹這いでベッドからはみ出して転落したのだ。

「昨日しなかったからと言って今日しないという保証はどこにもないじゃないか。それに、寝返りをしないだろうから柵を開けておいてもいいという理屈にはならないぞ」

「なんであたしばっかり責めるの？」

大声で言い返した。泣き止みかけていた誠哉がまたわめき始めた。

「今、なんか言ってくれたけど、じゃあ孝哉さん、誠哉が寝返りしたかしてないかとか、一度でも気にしてくれたことある？　この子、首が据わるのも遅かったたし、喃語もなかなか出なかったし、でもそんなこと、一度でも気にしてくれた？　ミルク飲む量とか、予防接種受けたかとか、あたしが報告する前に尋ねてくれたことって、一度でもあった？」

「そんなこと、今は関係ないだろう」

「大ありだわ」

「自分の責任を棚上げして逆ぎれか？」

いつかと同じように、自分の中でぱちんと何かが弾ける音が鳴るのを亜矢子は聞いた。

「逆ぎれっていうのは」誠哉をベビーベッドに置いた。「こういうことを言うのよ！」

亜矢子はオムツのパッケージを引っ摑んで孝哉に殴りかかった。

何なの。いい加減にして。バカにしないで。自分でやってみればいいのよ。意識して口にした言葉はそれぐらいだった。あとは何か意味の通じないことをわめきながら、パッケージを振り回した。孝哉の頭や肩にあたり、開口部から中身が散乱した。

「やめろよ！」

孝哉は両腕を出して防御した。こんな柔らかい物がぶつかったところで痛くもないだろうに、それでも自分の身を護ろうとする孝哉の姿が、亜矢子の神経をさらに逆撫でした。

中身が半分がた散逸した紙オムツのパッケージをかなぐり捨てて、素手で孝哉に摑みかかった。

今度はさすがに孝哉も本気で防戦し、亜矢子を突き飛ばした。亜矢子はよろめき、尻もちをついた。

逆上した。

大股で部屋を出て行く孝哉を追い、追いながら手当たり次第に周囲の物を摑んでは投げつけた。孝哉は反撃せず、「勝手に暴れてろ」とばかりに無視を決め込んでいたが、亜矢子が卓上電気スタンドを投げつけるに至って、ようやく向き直った。

「いい加減にしろよ！　冷静になれ！　自分のしたことをよく考えてみろ」

大喝すると、周囲に散乱したガラスを蹴散らして、自分の書斎へ入って行った。内側から鍵をかける音がした。

「出てきなさいよ！」

後を追い、ドアをノックして叫んだが、反応はない。

亜矢子は叫び疲れて、よろよろとその場にへたり込んだ。

汗と涙と唾液とで顔中がぬらぬらして、そこに髪の毛がへばりついた。髪を掻き上げてから手を見ると、切り傷が二つできていて、うっすらと出血していた。

誠哉の泣き声がする。ベッドの柵をまた上げていないことを思い出した。

壁に手をついて立ち上がった。壁紙に細く赤い染みがついた。

誠哉は手足をばたばたさせて泣き叫んでいた。母親を呼んでいるのだろうと思ったが、もしかしたらそうではなくて、母親に対する非難の叫びなのかもしれないとも思った。

泣き続ける誠哉をぼんやりと観察し続けた。

そのうち、亜矢子の視界に奇妙なものが入り込んできた。切り傷のある埃《ほこり》まみれの手だった。二つの手はおずおずと誠哉に近づき、短い首を左右から覆った。親指どうしが重なり合った。

二本の親指が誠哉の皮膚を圧迫しはじめた。

それが自分の手であることを認識するまで、数秒を要した。いや、もっと長かったかもしれないし、もっと短かったかもしれない。

誠哉の泣き声がぐふぐふという奇妙な音に変化して、ようやく亜矢子は我に返った。

ああああっ、と叫び声を上げて両手を解き放った。

そのまま、ベビーベッドに突っ伏して、誠哉と合唱するかのように泣き続けた。

第六章

10/15(Wed)

何日かぶりに、学校へ行った。

後期に入ってから、一度も行ってない。制服も冬服に変わるから、クリーニングから戻ってきてたのをタンスから出した。

紺色のワンピースと、ボレロの上着。

目にするだけで、体が震えてくる。

あんなに憧れた理奏女の制服が、今はこんなに気が重く感じてしまう。

なんとか着たけど、自分の服じゃないみたい。マネキンが制服を着ているのを、マネキンの体内から観察してるみたいな感じ。

ママはなんだかものすごく疲れてるみたいで、「いってらっしゃい」も言ってくれなかった。賢人も私と同じで、パパが死んでから一度も学校へ行ってない。今朝も自分の部屋から出てこなかった。

地下鉄を降りて、ホームを歩いて、改札を出て、地上に出て、学校に向かって歩く。周囲にだんだん理奏女の制服姿の生徒が増えてくる。みんなみんな、私のほうを見てるような気がする。

同じクラスの子と目が合った。その子はすぐに、並んで歩いていた別の子にひそひそと耳打ちをする。その後ろからまた別の子が駆け寄ってきて、肩をつついて、三人でひそひそ話をしながら、私のほうを見て、大げさに目を見開いたり、口に手を当てたり、首を横に振ったりする。

水たまりに石を投げ込んだら、そこを中心に円のかたちに波紋が広がっていくように、ひそひそ話と意地悪い視線が、波のようにあたりに満ちていく。

もうダメだ。歩けない。

私はうつむいて、くるっと後ろを向いて、力いっぱい走り出した。うつむいたまま。どっと笑い声が背中から襲いかかる。誰かにぶつかってよろめく。よろめいたところを突き飛ばされる。通学カバンが手から離れて歩道の上に投げ出される。ローファーが両方とも脱げて、私は勢いよく転んでしまう。

もうイヤだ。

もうイヤだ。

冷たい視線に囲まれながら立ち上がって、急いで身づくろいをして、その場を逃げ出した。

家まで逃げ帰った。

家に入ると、リビングのテーブルで、ママが知らない男の人と話していた。ママはとても難しい顔をして、男の人は自分の前に封筒や書類を積み重ねて、口を歪《ゆが》めてる。

気になるけど、今はそんなことはどうでもいい。

自分の部屋に飛び込んで、ベッドにもぐりこんだ。もう一生ここから出たくないと思った。

10/17(Fri)

昨日も学校には行かなかった。行きたくない。行けるわけない。ママには叱られたけど、私は動かなかった。賢人と同じことをしてる、私。

今日、おととい来てた男の人がまた来た。その人は、生命保険の会社の人だった。

私は、のろのろと部屋を出て、廊下からリビングの様子に聞き耳を立てた。そして、いつだったか、こんなふうにママとパパの話を盗み聞きしたことを思い出した。あの夜から、何もかもがおかしくなってしまったんだ。いま、あの時と同じようなことをしたら、何もかもが元に戻らないかな。それとも、また悪いことが起きるのかな。

結果は、悪いことが起きた。

パパが自殺したのは、自分が死んだら生命保険にかけてるお金がもらえるので、それで借金を返して、私と賢人の学費を払って、という考えだった。そんなことで死んでほしくなかった。お金は、みんなでがんばって返したらいいけど、死んでしまったパパはもう帰ってこない。

でも、パパはそうした。誰にも相談しないで、一人で考えて、悩んで、苦しんで、そうした。ママと私と賢人と工場で働いてるみんなのために、それがいいと思って。

でも――

「どういうことなんです？　意味わからへん。なんで、あの人の保険金が出えへんのですか？」

ママが怒鳴る。

「だから、何度も申し上げてるじゃないですか。保険には、免責という決まりごとがあるんですよ。たいへんお気の毒ですが、ご主人様の場合は、支払い対象とはならないんです」

男の人はすごく丁寧に、でも冷たく、そう言った。

「そんなひどい話、ないでしょ！　あんたら、鬼か？」

「ですから、私どももお気の毒に思い、お見舞金という形でせめてもの誠意をお見せしているわけじゃないですか」

「そんなん、十万や百万もろても、どうにもならへんやないですか。私学行ってる子ども二人おりますのに。工場も抵当ついてますのに」

「そうおっしゃられても、私どものお力ではいかんともできかねます。お気の毒とは重々感じておりますが、私どもも保険業法の規定に基づく契約約款の範囲内でしか、お力になれないんですよ。どうかご理解ください」

「ほな、訴えさせてもらいます。裁判所に言いますわ」

「ご契約者様にそのようなことをしていただきたくはないのですが、どうしてもとおっしゃるのであれば、お止めする法もございません」

男の人は冷たい感じでそう言った。ママは怒鳴り声で、

「もう帰ってちょうだい！」

と言って、男の人を追い出した。男の人は、「それじゃ失礼します」と平然と答えた。いすがガタッと動く音がした。私は急いで廊下から逃げ出して、足音を立てないように

階段を踊り場まで上って身を隠した。

男の人がリビングから出てきた。後ろ姿しか見えないけど、何だかものすごく落ち着いた感じだった。ママは男の人の背中からガミガミと怒りの言葉をぶつけ続けていたけど、男の人はぜんぜん動じてなくて、ゆったりと玄関に腰を下ろして靴をはいて、「それでは、失礼します。ご主人様のご冥福を心よりお祈りいたしております」と挨拶をした。

ママは今にもかみつきそうに男の人を見送ったけど、ドアが閉まると、とつぜんその場にぺたりと座り込んだ。

そして、大声で泣き出した。

私は、声をかけられずに、階段の中途半端なところから、泣いているママをじっと見ていることしかできなかった。

10/18(Sat)
ママは朝からあちこち電話をかけていた。
昨日の保険会社の男の人の話、よく分からないけど、要するに保険会社としてはお金は払いません、ということだけは分かった。それでママは怒って、裁判所に訴えるって言ってた。

きっと、どうやって裁判するか、詳しい人にいろいろ相談してるんだと思った。

裁判って、テレビドラマとかでしか見たことないけど、大変なんだろうな。私に何か手伝えることってあるのかな。もし、ママが何か手伝ってほしいって言ってきたら、できる限りのことをがんばろう。

そう思って、ママから呼ばれるのを今か今かと待ってた。

でも、こっそり様子をうかがってると、ママの電話相手は、友達とか、親戚の人とか、そんなのばっかりで、それもシクシク泣くばっかり。

話の内容も決まってて、「パパはなんで死んだんだろう」から始まって、「これからどうしよう」になって、「子どもたちが登校拒否になった」になって、「もうどうしていいかわからない」になる。電話の相手の人がどんな反応なのかは聞こえないけど、いっしょうけんめいママをなぐさめているんだろうと思った。

夕方になって、ママは何も言わずに出かけてしまった。

晩ごはんの支度がしてなかったので、私は炊飯器でごはんだけ炊いて、インスタントのカレーをあたためて食べた。賢人の部屋にも声をかけたけど、返事はなかった。あとで台所を見たら、カップラーメンの容器が捨ててあったから、賢人が食べたんだと思う。

ママは夜中に帰ってきた。迎えに出ようかと思ったけど、やめておいた。

10/19(Sun)

今日もママは昼から出かけてしまって、夜まで帰らなかった。

夜遅く帰ってきて、いろいろと帳簿とか書類とかを出してきて、リビングのテーブルの上に広げて、あちこち見比べたり、電卓をたたいたりしていた。

今日はわりとふつうに話ができそうな雰囲気だったので、冷たいものを飲みに降りてきたらたまたまママがいた、というような感じでリビングに入っていった。

「あ、ママ。お帰り」

「ああ、ただいま」

なるべくさり気なくそう言った。

ママは私のほうを見ないままそう答えた。

「のど渇いたから何か飲もうと思って」

言い訳みたいに私が言うと、

「そう。早よ寝なさいよ」

と、やっぱり私のほうを見ずに言った。それから、大きなため息をついた。

思い切って、言ってみた。

「私になんかできることない？」

するとママは、やっと私のほうを見てくれた。

「子どもが心配せんでもええ」

「そやけど……」

「ええから、寝なさい」

それきり、また書類のほうに集中しはじめた。私はしばらくぼーっと突っ立ってたけど、

「いつまでぼーっと突っ立ってんの」って言われるかと思ったのに、何も言われなかった。

あきらめて「おやすみ」って言って部屋に戻った。

なかなか寝つけなかった。

10/20(Mon)

今日はまたスーツを着た男の人が来た。こないだの保険会社の人とは違う人だった。

「わざわざ家には来んといてください。こっちから行きますから。来るとしても、家はやめて。事務所のほうにしてください」

ママはきつい言い方でそう言ったけど、なんか声に力がなかった。

「御社の会計を担当されている方からのご連絡をお待ちして、何度もお願いしているんで

すけどね。しびれを切らして参上したような次第でして、そこのところはおくみ取りいただきたいですな」

男の人は丁寧な言い方だけど、すごく力強い声で、ママとは正反対だった。

今度はいったいどこの誰で、何の話なんだろう。

10/22(Wed)

昨日も今日も、ママはほとんど一日じゅう外出だった。

帰ってくると、また書類や帳簿を見て、ため息をついていた。

裁判の話はどうなったんだろう。

10/24(Fri)

お昼ごろ、ママに呼ばれてリビングに行った。

ケンちゃんも呼んできて、と言われたんだけど、いくら呼んでも部屋から出てこない。

この半月というもの、ごはんの時とお風呂の時しか出てこない。

ごはんも、夜中になってからこっそり食べに出てきてる。それからお風呂に入って、また部屋に引きこもる。もうすっかりそういうパターンになってて、ママも賢人のぶんのごはんをテーブルに出したままで寝る。そして、朝になって、賢人が使った食器を洗う。賢人、自分で洗えばいいのに。お風呂だってこっそり入って、洗濯物も出したまま。洗うのはママ。自分ひとりで全部やるんなら、引きこもる権利はあると思うけど、全部人任せなんて甘えてるだけじゃん。私は、台所の片付けとか洗濯ぐらいはするもん。ママも、もっと厳しく言えばいいのに。

そう思ってたら、今日は厳しかった。私が「出てこないよ」と報告すると、恐い顔をして階段を上っていった。私もついていった。

「大事な話があるから、出てきなさい！」

ママはドアノブをつかんでガタガタ揺すぶりながら大声で叫んだ。目のまわりが黒っぽく落ち込んでるので、怒った顔がとても恐かった。

すごいけんまくだったので、賢人もさすがにびっくりしたのか、うっすらとドアを開けた。ママはすかさず力を込めてドアを大きく押し開けた。

賢人の部屋の中は、それはもうものすごい散らかり方だった。足の踏み場もないっていうのは、こういうことなんだろうと思った。それも、足の踏み場をなくしているのは、お菓子の空き袋とか、マンガの本とか、脱いだシャツとか靴下とか、そんなのばっかり。

ベッドの上にもいろいろな物が散乱していた。賢人はドアから逃げるように離れると、それらの物にうずくまるようにしてベッドにもぐり込んだ。

「出てきなさい！」

ママが言っても返事をしない。ママはしばらく布団をにらんでたけど、そのうち、こう言った。

「そのまま聞きなさい。あんたには、洛英やめてもらわんとアカンからね」

賢人はがばっと跳ね起きた。

「なんで！」

「お金がないの。学費が払えへんの」

「なんで！」

「パパの借金の話、したでしょ。それを返さなアカンの。そやから、洛英の高い学費はもう払えへんの。ごめんやけど、公立の中学に移ってもらうさかいな」

「そんなん、イヤやで！」

「イヤでもしゃあない」

「イヤや！」

「イヤ言うて、あんた今ぜんぜん学校行ってへんやないの」

「途中でやめるなんてかっこ悪いこと、できるわけないやろ。なんで学費払えへんの？

パパの保険金で借金返せる言うてたやん」

「それなんやけどな、保険金出えへんのや」

「なんで！」

「ママも税理士の先生とかいろいろ相談したんやけど、あかんのやわ」

私は黙って聞いてたけど、ここでたまらなくなって口をはさんだ。

「裁判所に訴えるて言うてたやん？」

ママは私に向き直った。

「あんたなあ、裁判裁判て簡単に言うけど、どんだけ大変なんか知ってるか？　それで勝てる保証があればええけど、負けたら、よけいひどいことになるんやで？」

「でも……」

「でも、やない。無理なもんは無理や」

「そしたら！」

私は叫んで、でもそれ以上言えなかった。「パパは何のために死んだの？」みたいな台詞《せりふ》が頭に浮かんだんだけど、そんな台詞を思いつく自分が、ものすごく醜くて、いやになった。

これは、仕方がないことなんだ。

私は自分にそう言い聞かせた。

「賢人、しゃあない。お姉ちゃんと一緒に、公立の学校行こ？　かっこ悪いけど、公立の中学やったら、パパのこととか知れ渡ってへんかも知れんし」

私は賢人にそう話しかけた。

すると、ママはとんでもないことを言った。

「あんたはやめんでもだいじょうぶや」

「なんで？」

私と賢人の声が重なった。

「お姉ちゃんは、もう中学三年の後期だけや。後期分の学費さえ払うたら、卒業はできる。理奏女の高校は行かれへんけど、中学だけは卒業できる。公立の高校行くにしても、中学だけはええとこ出といたほうがええやろ」

「なんで僕だけやめなアカンねんな！」

賢人が叫んだ。

「あんたはまだ一年半ある。そこまでは無理や」

「そんなん、不公平や！」

「不公平でもしゃあない」

「ママ」私は割って入った。「賢人がかわいそうや。私も、やめてええよ。理奏女」

本心だった。

するとママは、またとんでもないことを言った。

「あんたの分は、もう払うた」

私は、びっくりした。

「なんで、そんなことするの？」

ママも、びっくりした顔になった。

「なんで？　なんでママの気持ちがわからへんの？　あんたのためを思って、最後のお金かき集めたんやで？　せめてあんただけでも卒業さしたろっていう親心がわからへんの？　払うたからには、ちゃんと最後まで通いなさい！」

私は、反論した。

「だって、どのみち、半年後には理奏女やめて、公立の高校に行かなアカンのでしょ？　だから、今から高校受験の準備しなアカンやん。でも、賢人はちゃうやん。私やなくて、賢人の今年の後期分の学費、払ってあげたら、そしたらその半年の間に、工場のこととか、借金のこととか、何とかなるかもしれんやん？　そしたら賢人は洛英やめんで済むかもしれんやん？」

「夢みたいなこと言わんとき！　もう、工場は銀行に差し押さえされたんや。それでも借金ぜんぶ返し切れるかどうか分からへん。後はママが働くしかないの！　アホちゃう、あんた。自分で一銭の金も稼いだことないくせに、偉そうに」

ママは私を口汚くののしった。

私は、恐いとか腹が立つとかじゃなくて、悲しかった。ママは少し気が短いところもあるし、口が悪いところもあるけど、本気でこんなことを口走る人じゃなかった。

「姉ちゃんばっかり優遇して、何やねん！」

賢人がわめいた。周囲に散乱している物を手当たり次第に手にとって、私とママにぶつけてきた。暴れて、もう手がつけられなかった。

私は体をすくめて身を守ったけど、ママは暗い声で、

「もう決まったことやからな。賢人の退学届けはママが出してくるさかい」

と言いおいて、賢人の部屋を出て行った。

「姉ちゃんも出てけ！」

賢人は私を素手で殴ってきた。私は、やめて、やめてと叫びながら部屋を逃げ出した。

賢人は私を追い出して内側から鍵をかけた。

私は自分の部屋に戻って泣いた。

10/28 (Tue)

昨日から、ママが働きはじめた。今までも働いてなかったわけじゃないけど、パパの工場の共同経営者という立場で、実際には特に決まった仕事をしてたわけじゃない。税金対策とかなんとか聞いた気がするけど、よく分からない。

昼間はスーパーのレジ打ちのパート。夜は家に帰ってきて、私たちの晩ごはんの支度をして、自分もごはん食べて、それから閉店後のパチンコ屋の掃除。二つをかけもち。来月からは、朝刊の新聞配達も始めるって言ってる。

「そんなにかけもちしてだいじょうぶ？」

って私が聞くと、

「そんだけ働いても追いつかへんのやからしゃあないやろ」

とぶっきらぼうに言われた。

「新聞は私がやろうか？」

「いらん。あんたは学校行きなさい。何のために最後の学費払うたと思うてんの。ママが何のためにこんな苦労してると思うてんの」

でも、学校なんか行きたくない。どうしてもって言うんなら、公立に移りたい。今さら理奏女なんて行けない。どんな顔して行ったらいいの？

ママは、スーパーもパチンコ屋も、家からだいぶ離れたところのお店に行ってる。近所は人の目があるからイヤなんだって。だったら私だって同じ気持ちだ。

賢人は、ママに学校をやめろと言われた次の日から引きこもりをやめた。部屋からは出てきたけど、学校には行ってない。午後にふらふらと部屋から出てきて、そのまま外へ出て行ってしまう。帰ってくるのは夜中。どこで何してるのか分からない。聞いてみたけど、「姉ちゃんには関係ないやろ、ボケ」とわめいて、殴りかかってきた。恐くなって、それ以上何も言えなかった。

ママが言うには、工場の土地も建物も借金の代わりに取られちゃったけど、今住んでるこの家だけは守りたいんだって。ローンが残ってるから、それだけは絶対に払わなくちゃいけないんだって。

なんでもお金、お金、お金。だったら私も、少しでも働いてお金を稼いだほうがいいんじゃないのかな。

10/30(Thu)

たった四日で、ママはくたくたの雑巾みたいに疲れ果ててしまった。夜はいったん家に帰ってくるけど、家のこと何もしないで寝てしまう。そして十時ぐらいに起きて、また働きに行ってしまう。

私は、料理の本を見ながら自分でおかずを作ってみたけど、ぜんぜんうまくできなかった。炒め物を作ったんだけど、真っ黒こげになって、味だってソースの味と炭の味しかしなかった。でももったいないから全部食べた。

賢人は、ママがスーパーに行ってる間に出かけて、パチンコ屋に行ってる間に帰ってくる。頬がこけてきて心配だけど、あんまりじろじろ見てるとまた殴られそうだから、もう見ないことにした。

パパ、なんで死んだの？　家の中、もうバラバラだよ。私、もうどうしていいか分からない。

第七章

1

志穂に電話をしても、繋《つな》がらないことが多い。留守番電話に録音を残しても、折り返しの電話がかかってくるまでにずいぶん時間を要する。メールを書いても、返信はやはり遅く、しかも文面が短い場合が多い。忙しいのだろう。

今までも志穂にはいろいろと愚痴を聞いてもらったことがあった。しかしその大半は仕事に関するもので、内容も「周囲が自分のレベルについてこられない悩み」といった趣旨のものだった。愚痴をこぼしたところで解決するようなものでもないし、解決しようとも思っていなかった。自分に自信があったから、吐き出せさえすればそれでよかった。志穂も社会の第一線で働いている女性だから、亜矢子の日々の悩みには大いに共感してくれた。

今、亜矢子が口にしたいことは、自分はどうすればいいのか、ということだ。自分が停滞しているがゆえの悩みは、志穂にも滅多に話したことがない。共感をもって聞いてくれるかどうかは未知数だ。

中学時代からもっとも信頼している親友だが、今の亜矢子にとっては少しずつ疎遠になっていくような気がしていた。

勢い、亜矢子は時恵を話し相手に選ぶようになっていた。

麻由の家での集いは継続していたが、麻由の態度は相変わらずだった。その他のメンバーが、集いの場では麻由に靡《なび》きつつも、後でメッセージアプリを介してフォローしてくれるという構図も継続していた。そういったフォローも、おそらく時恵が配慮して一同に促してくれているのだろう。彼女自身はそうだとは言わないけれど。

その配慮は亜矢子には有難いことで、気詰まりな集いの空気も堪えることができた。ただその反面、逃げ場を奪われているようでもあった。他のメンバーがフォローをしてくれているのに、麻由との確執を理由にして逃げ出すことはできない。

そういう亜矢子の悩みも時恵は承知してくれていて、よく慰めてくれた。

麻由の家を辞した後、こっそり時恵のアパートに立ち寄って、二人で話し込む。それが習慣になっていた。

時には時恵を自宅に招きたいとも思うが、経済的に恵まれた自分の暮らしを見せつけるようで、何とはなく憚《はばか》られる。それに、小ぢんまりとした時恵の部屋で向かい合って話すと、互いの距離感が縮まって不思議な一体感が醸成される。それが心地よかった。子どものころから常に広い住居で暮らし、個室も与えられていた亜矢子にとって、その面映ゆいような空気が新鮮だった。

「――家庭内別居、みたいな感じなんですか」

時恵が心配そうな顔で聞く。

「どうでしょう。正直、よくわからないんです。次の日はほんとに気まずかったんですけど、今は特に……。ただ、何か無関係な人が家にいる、というような奇妙な雰囲気で」

亜矢子はかぶりを振りながら答えた。

誠哉のベビーベッドからの転落が契機となった諍《いさか》いの翌日、物も言わずに仕事へ出かけた孝哉は、夜になって何ごともなかったように平穏な顔で帰宅し、亜矢子とも普通に会話を交わした。

亜矢子も、日中の間に感情を整理し、自分にも非があったと認めて、孝哉との関係を改善しようと考えた。だから、帰宅した孝哉が前夜のことなどなかったような顔で接してきた時、彼も自分と同じように考えたのだ、と納得し、努めて平常通り接することにした。

それからもう二週間になるが、孝哉と亜矢子の間の平穏は保たれている。

しかし亜矢子は、どこか作り物の平穏だとも感じていた。それはおそらく、あの夜の互いの態度について、孝哉も自分もきちんと謝っていないからだろうと思う。半月も経った今となっては、今さら蒸し返すこともできないでいる。

そんなことも、時恵には素直に話すことができた。時恵はいつも落ち着いた態度で亜矢子の話を聞き、こちらの喜怒哀楽を柔らかく受け止め、表情を変えることで共感を示しはするが決して大げさではなく、亜矢子の感情の起伏にフィルターをかけてまろやかに研磨した状態で送り返してくるようで、それを受け止めることで亜矢子も自分の感情を肯定的に見つめなおすことができていた。聞き上手というのはこういうことなんだろうな、と思わされる。

出産後、セックスレスの状態が続いていることも、時恵には明かしていた。子どもを産むことができない体になってしまったことで離婚したと語る時恵に対して、この相談は酷なことだと理解はしていたが、そんな話題も快く受け容れてくれる時恵に、つい甘えてしまう。

「すごく失礼な言い方なんですが」

時恵が遠慮がちに言う。

「わたしの目から見ても、亜矢子さん、最近少し余裕をなくしてらっしゃるように感じます。その原因を取り除くお手伝いが充分にできてなくて、心苦しいのですけれど」

「それは自分でも感じます。余裕もないし、なんだか、もう何もかも自信がなくなってしまって。オフィスで働いていた頃が、もう思い出せないほど」

「その頃の亜矢子さん、今以上に颯爽《さっそう》としてらしたんでしょうね。でも、復職なさるんでしょう？」

「もちろんです」

亜矢子は請け合ったが、遠い世界のことを話しているような錯覚に襲われた。

「それじゃ、リハビリを開始されてはどうですか？」

「リハビリ？」

「亜矢子さんは、もっと外へ出られたほうがいいと思いますよ」

今でも頻繁に外出しているが、もっと外へ出ろとはどういう意味だろう。咄嗟《とっさ》に、託児施設のあるカルチャースクールのようなものを想起して、それを想起した自分自身にげんなりした。

「もしお嫌でなければ、提案があるんです」

時恵はほんの少し俯《うつむ》いて、亜矢子を下から見上げるような視線で見た。

「なんでしょう?」

「誠哉ちゃんを預けて、一人の自由な時間をお持ちになる、というのはどうでしょう?」

「どう……と言われても」

どこで誰に預けるというのか。

「亜矢子さん、ベビーシッターを雇って育児から離れる時間を作るとか、そういうことってなさってませんよね。どうしてですか?」

この自己分析は、簡単だった。

「悔しかったんだと思います」

そう口にすると、気持ちがすっきりした。

完璧でありたい。常にそう思っていた。自分がやりたいこと、あるいはやらねばならないことは、全て完璧に果たしたい。その意識が亜矢子の人生観をかたち作っていた。

職業人としても、家庭の一員としても、自分をコントロールして、全てを完璧にやり果せる。キャリアアップし、適切な時期に子どもを産み、子育ても十全にこなしながら仕事も続けるのが目標だった。

心ならずも自分が望むステータスにまでキャリアを引き上げる前に妊娠してしまっても、孝哉との議論に敗れて休職することを選択しても、亜矢子の生き方は変わらない。「休職して一時期専業主婦になり、そして復職する」という過程の全てを、完璧にやり通したい。そう思ってきた。

悔しかったのだ。自分の思い通りにならないことが。

悔しかったから、意地でも完璧にやり通したかった。

だから、出産の際に実家を頼ることもしなかったし、誠哉が生まれてからは誰かに預けるという発想にも至らなかった。

麻由のコミュニティから逃げ出さずにいるのも、その意識が強く働いているからなのだろう。

「お気を悪くなさったらごめんなさい。亜矢子さん、もうご自分を許してあげたらどうでしょうか？　もっと楽をしていいんだよ、とご自分に教えてあげたら」

「楽を……？」

楽をする、というのは、語彙《ごい》としては知っていても、亜矢子の頭の中にはない概念だと言えた。

「それで先ほどの話なんですが、お差し支えなければ、わたしが誠哉ちゃんをお預かりしてもいいですか？」

「時恵さんが、ですか？」

「ええ。ご承知のように、わたしは自分で本当の子育てをしたことはありませんけれど、他人様の赤ちゃんのお世話はけっこうお手伝いしてきましたから、ご安心いただいても大丈夫だと思うんです」

亜矢子がこうして訪れているとき、時恵はよく誠哉の世話をしてくれる。亜矢子が頼んでいるわけではない。時恵が自ら買って出てくれているのだ。そして、「お母さんの気分を味わわせていただいて、嬉しいです」などと言う。初めて時恵に抱かれた時は大泣きした誠哉も、日を追うごとに大人しくなってきた。辛抱強く相手をしてくれる時恵の気持ちが通じたのだろう。

「そしてその間、亜矢子さんは一人で羽を伸ばしてきてください」

「有難いお申し出ですけど、さすがにそこまで甘えてしまうのは……」

「いえ、わたしが好きでさせてくださいって言ってるんです……だめでしょうか」

時恵は懇願するような目で亜矢子を見上げた。

2

ベビーカーを押さずに外出したのは、いつ以来だろう。秋のひんやりした風が頬に心地よい。繁華街の混雑さえ、まるで自分に対する祝福のように感じられる。

時恵から思いがけない提案を聞かされた三日後の昼下がり、亜矢子は一人の時間を満喫していた。特に何をするというわけでもなく、ただ街を歩くだけで楽しかった。

時恵の好意を受けることは、いささかの躊躇《ちゅうちょ》を伴った。赤の他人にわが子を預けるのは不安だし、何よりも多大な迷惑をかけてしまう。ましてや、自分の子どもを持つことができない時恵にそれを頼むことは、いくら彼女自身からの申し出であっても、残酷なような気がした。

それでも亜矢子は、一人の時間を持つという誘惑を拒絶できなかった。時恵がこんなにも勧めてくれるのだから、と自分に言い訳をして、申し出を受けることにした。

罪悪感は、時恵の家を出て駅に着くと同時に霧消した。

誠哉を連れているときは、ホームに上がるのにエレベーターかエスカレーターを使わなくてはならない。急いでいるときに目の前に階段しかなければベビーカーを抱えて駆け上がることになるが、何度もつまずいて転びそうになったことがある。

今日は、悠々と階段を歩いて上がることができる。自分の足で重力に逆らって自分の体を運ぶ。それだけで幾ばくかの自信を取り戻せた。

かつんかつんという足音も耳に嬉しい。久しぶりにお気に入りの靴を履いてみた。踵《かかと》の高いサイドオープンのハイヒール。ふくらはぎがきゅっと締まって、背筋が伸びる。

平均台の上を歩くように、右足の前に左足を出し、左足の前に右足を置いて、直線的に歩く。どれだけ闊歩しても、ベビーカーの車輪や下かごを蹴る心配はない。

まるで翼を履いているみたいだ。一人で自由に歩く、ただそれだけのことがこんなにも楽しい。

途中でブランドショップのショウウィンドウを冷やかしたり、カフェで休憩したり、一応は休日らしい行為もしてみた。せっかく時恵の好意で作ってもらった自由時間を、ただ歩くだけで全て費やしてしまっては申し訳ない。そんな義務感からだったが、その程度のイベントでもかけがえのない喜びをもたらしてくれる。

夢見る少女みたいだな、と自分で可笑《おか》しくなった。生まれて初めて家族で旅行に行った時でさえ、これほどまでに心が湧き立つことはなかった。

それでも、やはり頭の中では時恵に預けた誠哉のことがずっと引っかかっていた。だから、時恵と約束した時刻よりも三十分以上も早く切り上げて帰ってきた。

時恵のアパートを訪れると、時恵は誠哉を胸に抱いて出迎えてくれた。

「早かったですね」

満面の笑顔だ。

「本当にすみません、長いこと見ていただいて」

「いえ、ぜんぜん。羽、伸ばせました？」

「ええ、久しぶりに。ありがとうございます」

「なんだか、ちょっと上気してらっしゃるみたい」

時恵には珍しく、からかうような口調で言う。亜矢子は照れて、つい両手で自分の頬を覆った。

「わたしも、おかげさまで楽しい時間を過ごすことができました。わたしのほうこそ、亜矢子さんにお礼を言わなくちゃ」

亜矢子が差し出した両腕に誠哉を返して、時恵はそう言った。

「どうして時恵さんが？」

すやすやと眠っている誠哉を見ながら、亜矢子は尋ねた。

「誠哉ちゃんを独占できましたから」

時恵はいたずらっぽく笑う。

「つかの間、ほんとうの親子になれたみたいで、嬉しかったんです……またお願いしてもいいですか？」

時恵の笑顔と誠哉の寝顔に、亜矢子は軽い嫉妬を覚えたが、だからといってこの申し出を拒否することはできなかった。自分だけではなく、時恵も満足した時間を持つことができる。自分のためだけではない、時恵のためでもあるのだ。立派な大義名分だった。

「時恵さんにご迷惑にならないのなら、ぜひお願いします」

「こちらこそ」

亜矢子と時恵は同時に頭を垂れた。

3

「お久しぶりですね」

担当のスタイリストに言われて、そういえば出産直前ぐらいから来ていなかったな、と反省した。

都心一等地のヘアサロン。以前から行きつけだったが、誠哉が生まれてからはここまで出向いてくるのが億劫で、つい近場の美容室で済ませていた。そこも雑誌などで高い評判を得ている店ではあったが、今ひとつしっくり来ないものを感じていた。髪や肌を直接ケアしてもらうのだから、単に技量の巧拙ではなく、スタイリストとの生理的な相性も重要だ。

そういう感覚を徐々に思い出しつつあることが、亜矢子は嬉しかった。

至福の二時間を過ごし、自分でも見違えるほど美しくなった。

髪をいじり、メイクをし、全身を着飾るのは、他人に見せるためではない。自分を鼓舞するためだ。亜矢子はそう思っている。これは、予備役の兵士が現場に復帰するための再訓練のようなものだ。

店を出て、待ち合わせ場所の駅に向かった。

訓練の成果は容易に現れた。

「アヤ、今日はまたどうしたの？」

会うなり、志穂は驚いたように目を見張った。

「髪、切ってきたから。ついさっき。『おはつみっか』ってところかな」

期待していた通りの反応とは言え、正面から見つめられるとさすがに気恥ずかしくて、子どもの頃よく口にした囃《はや》し文句で照れ隠しをした。

「それはすぐわかったけど……なんだか、最後に会った時と比べると、別人みたい。オーラ出てるわ。輝いてる感じ」

ひとしきり亜矢子の髪を凝視した後、志穂は全身をためつすがめつした。

「じろじろ見ないでよ。照れるわ」

「またまた、心にもないこと言っちゃって。昔から、見られることには慣れてるとか言ってたじゃない」

志穂は軽く唇を歪める。

「そんな感覚も忘れてたわ。行きましょ」

亜矢子は先に立って歩き出した。

徒歩五分で、駅裏の目立たないところにあるネパール料理の店に着いた。こんなところでのランチも久しぶりだ。

「軽く飲む？」

席につくなり、亜矢子は言った。

「勤務中だけど夕方まで人と会う予定はないから、一杯だけならいいけど、アヤは大丈夫なの？」

「次に搾乳した分だけ捨てれば大丈夫。もうほとんど出ないしね」

「それもあるけど、帰ってから大丈夫なのかな、って思って」

「問題ないわ」

仮に少々アルコールを帯びて帰ったところで、時恵は文句を言うまい。

グラスワインを一杯ずつオーダーした。「あらためて、お久しぶり」と言い合い、かちんとグラスを合わせた。

「誠哉ちゃんは、ご主人が見てくれてるの？」

志穂が聞く。

「まさか」

亜矢子は一笑に付した。

「じゃあ、託児所か何か？」

「親切な人がいるの。前に話したの、覚えてない？　厄介なコミュニティと付き合ってるんだけど、そこに一人だけ、スマートな人がいて」

「確か、時恵……さん？」

「そう。その人が預かってくれてるの」

亜矢子は時恵との〈契約〉について説明した。最初は時恵からの救いの手のような提案だったが、彼女にも利のあることだと分かって、今では一種の契約関係のようなものだと亜矢子は解釈していた。

「はあ……恵まれてるわね、アヤは。そんな親切な人が身近にいるなんて」

志穂はため息をつき、それから気を取り直したように明るい口調で言った。

「さっきも言ったけど、アヤ、今日は活き活きしてるわ。絶好調って感じ」

「そうでもないんだけどね」

憂鬱なのは麻由のコミュニティだ。麻由の態度は変わらないし、周囲のメンバーが陰でフォローしてくれるのも相変わらずだ。板挟みの状態が続いている。

孝哉との関係も改善されておらず、必要最低限の会話しかなく、家庭内別居すれすれの有様だ。

しかし、時恵が与えてくれるこの自由時間で、亜矢子は自信を回復しつつある。自分をしっかり保つことができれば、たいていのことは我慢できる。孝哉にも歩み寄っていけるような気がする。

「社会復帰に向けて着々と準備中、って感じなのね。さすがアヤだわ。今だから正直に言うけど、誠哉ちゃん産んでからのアヤって、どこか精彩欠いてたな、って思う。気を悪くするだろうから、はっきりとは言えなかったけど、今のアヤ見たら、やっぱりそう思うわ」

「そうでしょうね。自分が自分でなかったみたいだった」

きちんと母親を務めていることも志穂は評価してくれていたが、それは亜矢子自身が魅力を喪失していることを慮《おもんぱか》っての褒め言葉だったのだろう。

亜矢子もそれぐらいは感づいていたが、認めたくはなかった。今なら、素直に認められる。

「でも、アヤはずるいわ」

志穂が不満そうに言う。

「どうして？」

「いったん仕事をすっぱり休んで、赤ちゃん産んで、一時期ママに専念して、また仕事に復帰だなんて、あれもこれも出来過ぎじゃない」

「わからないわよ。仕事に戻ったって、ブランクあるから勘も鈍ってるだろうし、今後のキャリアアップでも休職は不利に働くと思うから」

「アヤのところ、外資系でしょ。そのあたりは公平に扱ってくれるんじゃないの？　うちなんて、いったん育児休職なんてしたら、たぶんそのまま」

志穂は右手を水平にして首に当ててみせた。

「そうなの？」

「出版業なんて、旧態依然なところ多いのよ。アヤが二度も華麗な転身をしてる間、こっちは仕事ひと筋。っていうか、こき使われてるだけだけど」

自嘲気味に笑って、ワインを呷《あお》る。

「仕事、忙しいんでしょ？　今日は時間作ってくれて、嬉しかったわ」

「ああ、あんまり連絡できなくてごめんね。同窓会のほうもいろいろあったのと、あとやっぱり仕事がね」

「今は何がメインなの?」

「ある女性の半生記、ってところかな。その取材というか、足跡をたどるっていうか、調べものがちょっと大変なの」

「誰?」

「あまり詳しくは言えないんだけど」志穂は珍しく言いよどんだ。「強い意志で自分の目標を貫いてる人。病に倒れても、決して挫《くじ》けずに不屈の精神で歩み続けてる。ああ、世間的にはぜんぜん有名人とかじゃない、市井の人よ」

「大規模な企画記事とかなの?」

志穂は首を横に振った。

「上から言われたわけじゃないの。自分でどうしても知りたいって思って、それで着手したの」

「へえ、すごいじゃない」

「すごくないって。お金になる当てのない仕事なんて、自慢にならないわ」

「謙遜でしょ」

志穂はさっき亜矢子のことを「輝いている」と表現したが、それは志穂のほうだと思った。自分の選んだ道を、誰にも邪魔されず一心に歩んでいる。自分もそうありたかった。

ここしばらく、志穂の多忙が理由でなかなか会う機会はなく、ちょっとぐらい時間を割いてくれてもいいのにと不満に感じたりもしたが、会えないことでほっとしていたのも事実だった。時恵との契約時間で自己を回復しつつあるからこそ、今日こうして正面から志穂を見ることができる。そう思った。

「同窓会の委員会のほうは、どうなの？」

志穂の表情が改まらないので、亜矢子は話題を切り替えた。

「こないだ、久しぶりに母校へ行ってきたわ。先生方とも話しておきたかったし」

「みなさん、お元気にしてらした？」

「そりゃもう。アヤも来てよ。やっぱりクイーンが来てくれないと始まらないわ」

「行けたらね」

亜矢子は軽くかわしたが、出席に前向きな気持ちになっていることを自覚していた。

志穂とは事前の予想以上に話し込んでしまい、時恵との約束の時間から大幅に遅れてしまった。もちろん、時恵は文句ひとつ言わず待っていてくれた。

「お帰りなさい。楽しまれました？」

「ええ。おかげさまで」

「わたしもです。誠哉ちゃん、今日、自力で寝返りしたんですよ」

嬉しそうに時恵が報告してくれた。ベッドからの転落のことを思い出して、亜矢子は苦々しく感じたが、ほんのり残った酔いも手伝って、その不快もすぐに消えてしまった。

またよろしくお願いしますと互いに言い合い、亜矢子は帰宅した。

孝哉はいつものように夜遅く帰宅した。

「ねえ、聞いて。誠哉が今日、やっと自力で寝返りしたの」

感情を込めて亜矢子は告げた。まるで自分がそれを見たような言い草だが、誠哉を時恵に預けていることは孝哉には説明していないから、別に構わなかった。

「そうか。よかったな」

孝哉の返事は上の空だった。

この男は、気づかないのだろうか。目の前の妻が、ここ二、三週間の間に着々と魅力を取り戻していることを。その妻が、関係改善を志して、努めて愛想よく話しかけようとしていることを。

徒労感との戦いだな、と亜矢子は思った。

4

マチネーのオペラを観て、ホールを出たところの手近なカフェで紅茶を飲んでいるうちに、外はとっぷりと日が暮れてきた。

さすがにもう帰らなくてはならない。時恵の好意につい増長して帰りが遅くなりがちだが、夕食時までには戻るべきだろう。戻らなくても、おそらく時恵は笑って許してくれるだろうけれど。

ちょうど店もナイト営業に切り替わる時刻だ。店員は照明を落とし、空いているテーブルから順にクロスを掛け替え、メニューを交換していく。

亜矢子は英字新聞を畳んだ。

「もう出られます？」

いきなり、斜め上から男の声がした。誰かと思って見上げたが、見覚えのない顔だった。

満席なので亜矢子が席を立つのを待っているのかとも思ったが、店内には数組の客しかいない。亜矢子同様、ナイト営業に切り替わるタイミングで退出しようとしている客もいる。

「ええ」

とりあえず返事をしながら記憶を探った。同い年か、あるいは少し年下ぐらい。意志の強そうな顔つきだが、どこか頼りない感じもする。スーツ姿だから、仕事で行き来のあった人物だろうか。思い出せない。

亜矢子が男の顔を観察して思考を巡らせている間、男は笑顔で亜矢子を見ていた。

「失礼ですが、以前どこかでお会いしました？」

亜矢子は尋ねた。男は笑顔のまま首を横に振り、

「いえ。初めてお目にかかりました」

と、こともなげに答えた。

「あたしに何か？」

亜矢子は腰を上げた。

「あんまり魅力的な方だったので、とっさに声をかけてしまいました。お気を悪くしてしまったらすみません」

男は真顔で言った。

亜矢子は思わず首を傾げた。そんなことを正面切って言うとは考えられないから、何かの冗談だと思った。

「おっしゃる意味がわかりません。いい年してナンパでもなさるおつもりですか?」

むっとして尋ねた。

「そうです」

男は臆面もなく答えた。

失礼極まりない男だと思ったが、その実、表情といい話し方といい、からかっているようにもふざけているようにも感じられない。

「本気で?」

「はい」

男は大きく頷いたが、ふと亜矢子の左手に目を止めた。

「あ……失礼しました。シングルの方かと早合点してしまいました」

亜矢子も自分の左手の薬指に目をやった。

「本当にすみません、許してください」

男は頭を下げ、踵《きびす》を返そうとする。

亜矢子の胸をちくりと刺すものがあった。

「これは」左手をひらひら振ってみせた。「あなたのような失礼な男の人を遠ざけるための、お守りみたいなものよ」

男は踏みとどまって聞き返した。

「ただのお守りですか?」

「ご想像にお任せするわ」

左手で頰杖をついて、窓の外を見た。

この種の出来事は、二十歳代の半ばまではいくらでもあった。甘酸っぱい懐かしさだな、と亜矢子は思った。それから、「甘酸っぱい」という表現に照れた。

「お時間許すなら、一杯だけ奢《おご》らせてもらえませんか」

男は端然とした口調で言った。

「三十分だけなら」

三十分なら許容範囲だと自分を納得させた。

「かまいません。カウンターに移りませんか」

「どうして?」

「女性を口説くときには横に並んで座ると相場が決まってます。チャンスは三十分間だけだから、遠慮している余裕はありません」

真顔で言うので、亜矢子は噴き出してしまった。これだけストレートに迫って来られたら、許容するにしても拒絶するにしても、逃げずに対応せざるを得ない。

「いいわ。じゃあ、三十分限定で」

亜矢子は答え、通りがかった店員に断ってカウンターへ移動した。

男は亜矢子の左に座を占めた。

「正直に言いますが、女性にこんなふうに声をかけたのは初めてです」

男は頭を掻く。

「嘘でしょ。今の台詞、すごく言い慣れてる感じがする」

「嘘じゃありませんってば。あなたが新聞を畳むのを見て、ああもう帰るんだ、と思って、今を逃したら二度と会えないと思ったら、無意識に声をかけてました。あなたが『ええ』と答えるのを聞いて初めて、あ、僕はいま声をかけたんだ、と気づいたぐらいで」

「本当かしら」

「いじめないでください。何を飲まれます?」

亜矢子はミモザを、男はギムレットをオーダーした。

「お仕事は何を?」

亜矢子のほうから尋ねた。この奇妙な男に関心を抱いたこともあるが、自分のことをあれこれ詮索されないための予防線でもあった。

「普通のサラリーマンですよ」

「普通、って言う人に限って、普通じゃないことが多いけど」

「ほんとうに、ただの営業マンです」

「何を売ってるの？」

「さあ。なんでしょう。当ててみてください」

亜矢子はいくつかの業種を当てずっぽうで言ってみたが、ことごとく「違います。残念」と返された。

意地になって続けるうちに、男との会話のリズムが身に馴染《なじ》んできた。およそ十分後、幼児向けの知育玩具という正解に到達する頃には、男の丁寧語もすっかり払拭されていた。

「住宅向けの訪問販売なの？　足で稼ぐってやつ」

「新規開拓っていうか、販路拡大のほうかな。奥様向けのイベントやってそこで実際に触ってもらって、あとでカタログとかネットとか通販で買ってもらったり」

「じゃあ、若奥様キラーってわけね。女慣れしてるはずだわ。さっきのも嘘でしょ、ナンパは初めてっていうの」

「あれは本当。誠実さがないと子ども向け商品を扱う資格がない、っていうのが会社のモットーだから」

「会社のモットーとあなたのモットーが一致してるって保証がないじゃない」

「困ったな。どうすれば信じてもらえるんだろう」

「さあ?」

別に本当でも本当でなくてもよかった。

他愛のない会話が続いたが、心地よい時間だった。男は、決して積極的にアピールすることはないものの、言葉の端々に知性を感じさせてくれた。卑近な話題でも話し手次第では洗練された会話になる。

たぶん孝哉ともこういう時間を持ちたいのだ、という思いが頭をよぎり、本能的にかぶりを振った。

「どうしたの?」男が顔を覗き込んで聞いた。「ずいぶん暗い顔してる」

「気のせいでしょ」

亜矢子は軽く自分の頬を叩き、それから腕時計を見た。

「三十分経ったわ。楽しかった。帰ります」

宣言して席を立った。

「旦那さんが待ってるから? それともお子さん?」

男が聞く。

「どういう意味?」

色を為《な》して問い返したつもりだったが、うまくいかなかった。声が震えて、自分でも無防備な口調だと思った。

「本当は、既婚で子持ちだよね」

男は断定するように言った。

「どうして?」

「わかるよ。根拠はないけど、確信はある」

「あたしの何がわかるって言うの。教えて」

「教えてもいいけど、三十分経ったよ」

「少しなら延長してあげてもいいわ」

亜矢子は再び腰を下ろした。時恵の顔が脳裏を過《よ》ぎった。

「あなたは、完璧主義者なんじゃないかな。すごく高い能力を持っているけど、それだけに、自分が低いパフォーマンスしか発揮できなかったときには、自分で自分を許せない。育児っていう初めての仕事で、そんな場面が多くて精神的に疲れてるんだと思う。で、多分だけど、周囲のママさんたちが、あなたほど賢くもなく真面目でもなく計画的でもなく適当に子育てしてるのに、それなりにうまくやってるのを見て、なおさら自信を喪失してしまってる。ご主人もあまり協力的じゃなく、一人でずっと悩んでいる。どれぐらい当たってるかな？」

「どうしてそう思ったの？」

全部当たってる、と回答するのは癪だったから、質問でごまかしたが、そのこと自体が男の指摘に対する肯定に他ならなかった。

「ひと目見たときから、自分のことを理解してほしいっていうオーラが出てた。だから、理解しようと思って近づいた」

「人が悪いわ」

「どうも。白状するけど、こんなふうに女性に声をかけたのは、初めてじゃない。さっきは嘘をついた」

「でしょうね」

「でも、あなたも嘘をついたんだから、お互い様ということでいいよね」

「ナンパを自己正当化するの？　相手は人妻よ」

「そうすべき人だと思ったから声をかけた。恥じるものはないと思ってる」

負けた、と思った。

「僕はこの後、仕事がらみの飲み会があるんだけど、今から電話をして断る。だから、もうしばらくここにいてくれないか」

男はポケットからスマートフォンを出した。

「早まらないで。あたし、まだ返事してないわ」

「あなたの選択を自分の選択の前提条件にしたくない。それは不誠実だと思うから」

「既婚者だと判断しておきながら声かけた時点で、とっくに不誠実よ」

亜矢子はむっとして言いながら、自分もバッグからスマートフォンを取り出した。

〈ごめんなさい。友だちが夕食を一緒に、って言ってて……これ以上、無理ですよね〉

時恵にメッセージを送った。困ります、というリプライが来ればいいのに、と思った。

〈素敵ですね。ゆっくりしてきてください。誠哉ちゃんはよく眠っています。帰る前にもう一度メッセくださいね〉

笑い顔のスタンプつきで返事がきた。

「残念ながら」亜矢子は男に向き直った。「お許しが出たわ」

「誰の？」

「そんなこと聞く？」

「それもそうだね」

男は嬉しそうに眼を細め、「ちょっと失礼」と言って椅子から降り、店の端へ行って電話をした。

短い通話を終えて席に戻ると、不意に真剣な顔つきになって亜矢子を正面から見据え、小さいが鋭い声で囁《ささや》くように言った。

「あなたを抱きたい」

どうしてこの男はこんなにも不誠実な台詞《せりふ》をこんなにも誠実な態度で発言するのだろう、と亜矢子は可笑《おか》しくなった。

「そういうのって、せめてあと二杯ぐらい飲ませてから言うべきじゃない？」

5

〈話したいことがあるんだけど、家に来てくれない？〉

麻由から、メッセージアプリのダイレクトメッセージが入った。

こんなことは初めてだった。集いへの誘いは、《Mayu's café》のグループ掲示板を使うのが常だ。

嫌な予感がした。しかし、行かないわけにはいくまい。

亜矢子は時恵に相談し、事前に誠哉を預けていくことにした。

「何か厄介な話になりそうな予感がするんです。だから」

いつものように誠哉を受け渡しながら、亜矢子は言った。

「確かに、麻由さんが亜矢子さんを個別に誘うなんて、珍しいですね」

時恵は心配げに応じたが、それでも明るい表情で付け加えた。

「でも、もしかしたら麻由さんの誤解が解けたとか、そうでなくても腹立ちも薄れたので矛を収めようとしているとか、そんなのかも知れませんよ」

「それにしては、メッセの文面があまりフレンドリーじゃないような気がして」

「麻由さん、ああいう性格だから、素直に書けないんですよ。きっと」

時恵の声に送り出されて、亜矢子は麻由の家に赴いた。

麻由は玄関先まで出迎えて、亜矢子をいつものゲストルームに招じ入れた。

だだっ広いゲストルームは、大勢のメンバーが揃っているときには違和感はなかったが、麻由と二人きりで対峙《たいじ》すると、宙ぶらりんで放り出されたみたいで落ち着かなかった。

「さっそくなんだけど」

ガラステーブルをはさんで、麻由は話し始めた。

「こないだ、偶然だけど面白い物を見たのよ。それで、まず亜矢子さんに教えてあげたくて、わざわざ来てもらったの」

「何かしら」

亜矢子は警戒心を解かずに聞いた。

「これなんだけどね」

麻由はごてごてとアクセサリーのついたスマートフォンを手に取り、ディスプレイをタップしてから亜矢子に向けて差し出した。

「とっさに撮ったにしては、手ブレもしないでよく撮れたと思うわ。どう?」

そこに表示されていたのは、肩を寄せ合ってホテルに入ろうとする一組の男女を横から撮影した写真だった。女は亜矢子で、男はあの日カフェで声をかけてきた若い男だ。

亜矢子は絶句した。

「これは……」

「亜矢子さんでしょ?」

「違います」

「ふうん。じゃあ」

麻由は亜矢子の手からスマートフォンをもぎ取り、ディスプレイをいじった。

「これは?」

亜矢子の手に再びスマートフォンが押しつけられた。同じ場所で、今度は二人が出てくる瞬間が撮影されている。入る時よりも顔が鮮明に写っていた。

「亜矢子さんよね。違う？」

「どうして……こんな……」

「たまたま、そこを通りかかったの。っていうのはちょっと嘘で、ここから少し離れたところで、亜矢子さんが男の人と歩いてるところを見かけたのよ。で、旦那さんと一緒なんだな、って思ったんだけど、それにしては裏通りのほうへ歩いていくし、そっちってホテル街だし、あれれって思って、ちょっと後をつけてみたの。夫婦でラブホ行くって、まあ刺激が欲しいときとか、なくはないけど、やっぱりねえ。変だし」

麻由が滔々《とうとう》と説明するのを聞きながら、亜矢子は血の気が引くのを覚えていた。

「んで、あたし友だちとお茶してて、店出て別れて、まさかなあって思ってそこに戻ってみたら、ちょうど二人が出てくるところだったから、また撮ったの」

雑巾でも摘まむかのような手つきで、麻由は震える亜矢子の手からスマートフォンをゆっくりと取り上げた。

「でさ、あたし思うんだけど、これ、亜矢子さんの旦那さんに見せようかなって」

「やめて！　どうして、そんなことを」

亜矢子は叫んだ。

「どうして？」

麻由は薄笑いを浮かべた。

「亜矢子さん、頭いいくせに、バカなこと聞くのね。亜矢子さんがあたしのよくないことをうちのジジババに吹き込んだからじゃない。これでおあいこでしょ？　何か問題ある？」

「その写真は、あたしじゃない」

苦し紛れに言った。

「そうなの？　だったらなおさら、誰に見せても問題ないわよね」

「やめてったら！」

亜矢子は腰を浮かせて麻由に摑みかかった。麻由は体をのけ反らせ、スマートフォンを持った手を背中に回した。

「今ので認めたことになるわね、この写真が亜矢子さんだって」

麻由はにんまりと笑った。

伸ばした腕が宙を切ったことで亜矢子はバランスを崩し、テーブルに手をついて上半身を支えた。麻由は亜矢子を見下ろし、説いて聞かせるように言った。

「いえ、ね、あたし個人としては、これで亜矢子さんのこと、どっちかっていうと大好きになったのよ。亜矢子さんもこういうことするんだな、って、なんか親近感湧いちゃった。

これからも仲良くしたいけど、でも、その前に落とし前はつけなきゃね、って思うわけよ」

「やめて……ください……」

「やめないわ」

麻由は急に怒鳴り口調になった。

「他のことじゃ代えられないじゃない。あたしが失ったものは戻らないし、だったら同じものを亜矢子さんから奪うしかないでしょ。わかる？」

「麻由さんのことは、誰にもいっさい話してません！」

「信じられないわ。他に誰がいるのよ。あの連中とはたまにしか会わないし、会うときはいつも地元だし。あたしらが喋ってたこと、誰が聞いてたって言うのよ」

「だから……」

説明しても無駄だ。亜矢子は断念した。亜矢子自身は天地神明にかけて麻由の秘密を話してなどいない。しかし、それを証明する手立てはない。本来なら、「亜矢子が明かした」と証明するのはそれを主張する麻由の義務であるはずだが、これは法律や契約の分野の事案ではない。麻由自身がどう思うかというだけのことで、答えは麻由の中にしかないのだ。

それを覆《くつがえ》すことよりも、自分の秘密を明かされることを阻止するほうが先決だ。

「どうすれば、その写真を削除してくれるんですか?」

「どうすれば、って、今言ったじゃない。他のことじゃ代えられないって。聞いてた?」

「お願いします」

亜矢子はガラステーブルに額がぶつかるほど深く頭を垂れた。

「どうかしてたんです、その時。今でも、どうしてそんなことをしてしまったのか、わからないんです」

「魔が差した、っていうやつ?」

「ええ」

胸が痛んだ。魔が差したわけではない。あの日亜矢子は、はっきりと自分の意志であの男に抱かれた。一度きりの関係だと自覚していたし、男も同じことを了解したはずで、だからお互い名前も連絡先も交わさなかったが、それでもあの時間は自分で意図して選び取ったものだった。

「あたし言ったけど、他のことじゃ代えられないの。じゃあ、これ隠したら、亜矢子さん代わりに何してくれるの?」

「何って……」

回答は一つしかない。

「何でもします。何でも」

「あ、そう。それは嬉しいかも」

麻由はうんうんと何度も頷いた。

「じゃあさ、一つ頼まれてくれる？」

「何を？」

「あたしの頼みっていうか、あたしが人から頼まれてることを、あたしの代わりにやってもらえません？」

「どんなことですか」

「売春」

亜矢子は、また言葉を失った。

「どうして、そんなことを……」

「まあ、話すと長いんだけど、こないだ亜矢子さんが見かけたあの連中がらみでさ」

麻由のかつての友人たちは既婚未婚さまざまだが、その多くが低所得層に属している。そのくせ、ほとんどが浪費癖を持っていたり、趣味のパチンコに家計の多くを注ぎ込んだり、という生活を常としていた。

そのうち、誰ともなく援助交際をやろうと言い出し、各自がネットの出会い系サイトな

どね」

「まあ、もう三十にもなって、女子高生みたいに援交ってのも、年考えろよって感じだけ

麻由はあっけらかんと笑った。

そのうち彼女らは、個別に客を探すのを辞め、仲間うちの一人が住むアパートを事務所のような扱いにして、ネットと電話を使って組織的に客を取るようになった。部屋の主は自らも客を取る一方、幹事役として仲間たちのスケジュール調整を行うようになった。彼女は時間の都合がつかなくなってきて、勤めていたパートを退職したため、メンバーが稼いだ金から一定金額を事務所運営費として徴収することで一同は同意した。

「こうなると、立派な管理売春よね。笑っちゃう。でね、学校時代もサボってばかりでろくに勉強もしてなかった連中がさ、金のことになると必死で知恵働かせたり、いろいろ情報収集してそれなりに上昇志向持ったりするの。客にね、どんなタイプの女とやりたいか、とかリサーチして、好かれそうなメイクしたり、演技したり。ケッサク。それでね、あの子たち、自分たちのことをコンパニオンとか言ってんだけど」

高級感のあるコンパニオンを仲間に加えたい、と彼女らは思うようになった。しかし、「上流の若奥様」みたいな演技は、彼女らには荷が重かった。

そこで、仲間うちから巣立ってまんまと上流階級に収まった麻由を思い出して、秋波を送ってきたのだ。

無論、麻由は応じるつもりはなく、適当にあしらっておくに留めていた。しかし、

「ほら、あたしもジジババからクレカ止められて干乾《ひほ》しになりかけてるから、ちょっと考えてみようかな、なんて。それだって、元はと言えば亜矢子さんのせいで止められたようなもんだし、それに今回のことでしょ。あたしの代わりに、亜矢子さん、行ってきてよ」

「そんなこと、できるわけないでしょう！」

「何でもするって言ったじゃん」

「それは……」

銀行の借金を返済するために高利の消費者金融から金を借りるようなものだ。何の解決にもならないどころか、借財が増えるだけではないか。

「あたしだって鬼じゃないから、亜矢子さんが稼いだ分、全額巻き上げようなんて思ってないよ。上納金抜いた後、折半でどう？」

ぎりっ、と歯が鳴った。冷静に考えている余裕はなかった。とにもかくにも、目の前の借金を返さないことには破綻してしまう。それしか考えられなかった。

「どうすれば……いいの……？」

「あ。オッケー? じゃ、亜矢子さんのケー番とメアド、ヒロリンに伝えとくわ。向こうから連絡入ると思うんで、よろしく。心配いらないわ、昼間の時間帯しか割り当ててこないから、旦那さんにはバレないでしょ」

麻由は嬉しそうに言い、立ち上がった。

「じゃ、あたしの話はこれでおしまい。帰ってちょうだい」

亜矢子は操られるように立ち上がり、ふらふらとゲストルームを出た。視界が歪んで、まっすぐ歩けない。よろめきながら玄関口まで出た。麻由はそのまま二階へ上がっていってしまい、見送りには来なかった。

茫然としたまま帰宅した。帰宅してから、誠哉を時恵に預けたままだったことを思い出した。また家を出て、時恵のアパートへ行った。

「麻由さん、どうでした?」

無邪気に時恵が尋ねてきた。腕の中では誠哉が赤い顔をして薄目を開けている。

「ちょっと……」

亜矢子は言いよどんだ。時恵はそれで、良くない話だったと察したのか、すぐに話題を変えた。

「誠哉ちゃん、今日はあまり具合がよくなかったんです。ちょっと赤ら顔でしょう? 熱もあるみたいで」

申し訳なさそうに時恵は言った。

「あと、近ごろ肌荒れが目立つんです。心配だから、今日はお医者さんに行ってきました。軟膏が処方されたので、塗ってあげてください。保険証はあとで持ってきますって言ってきたので、後日でもいいから、亜矢子さん、お願いします」

医院の名前が書かれた白い袋を手渡す。

「勝手なことしてごめんなさい。まだ赤ちゃんだから、多少の熱では驚かなくても大丈夫だとは思うんですけど、肌荒れのほうはちょっと気になって。ごめんなさい、きちんとお世話できてなくて」

「いいえ、こちらこそお願いしてばかりで申し訳ないです」

詫びながら、これからは誠哉を預かってもらう理由が今までとは変わるかもしれない、と暗い気持ちになった。

6

自分が選択したわけでもない男とセックスをするのは、まともな精神状態では不可能だった。

亜矢子は心を無にするしかなかった。

自分の体は自分の物ではなくて、誰か他の見知らぬ女が見知らぬ男の相手をしているのだと思う他はなかった。

以前、会社で受講したマネジメント研修で部外講師が言っていた。人間、性格は変えられないが行動は変えられると。

「あまり適切な喩《たと》えではありませんが、自分が絶対に人に暴力を振るえないような性格だったとしますね。でもどうしても誰かを殴らなきゃいけない。そんなときは、殴るという行動を別の動作に置き換えるんです。分解すると言ってもいい。相手の目の前に立って、腕を引いて、前へ振りぬく。そうすれば結果的に相手を殴ることになる。自分の気持ちとは無関係にね。そうやって、行動を変えていくんです」

そう言っていた。

それと同じことだ。亜矢子は自分を懸命に説得した。

何も大それたことはしていない。自意識に反するようなこともしていない。ただ、どこの誰とも知れない男の前で全裸になり、愛撫を受け容れ、性器を交接させ、事後に現金を受領するだけだ。個々の行為を連続体として見ればたまたまセックスであり売春になるという、それだけのことだ。

金額は事前に幹事のヒロリンが決めているから、亜矢子が直接交渉する必要はなかった。ヒロリンは愛称で、本名は分からない。亜矢子は彼女に会ったこともない。ただメールで日時と場所が指定され、年格好や服装や持ち物といった、客の男を識別する何らかの情報がもたらされるだけだ。

無視しようか、とも思う。何の契約があるわけでもない。亜矢子自身が金に困っているわけでもない。メールで指示されても、行かなければいい。そう思うこともある。指示を拒否した瞬間、麻由は亜矢子を破滅させるボタンを押すだろう。しかし、今この状態は既に破滅しているも同然ではないか。

いっそ、自分から孝哉に告白して許しを請おうか。亜矢子はそうも考えたが、自分で否定した。その手段が有効なのは、麻由の脅しに負けて売春に手を染めるまでだった。もう手遅れだ。

麻由は、いつもの集いにも引き続き参加するよう亜矢子に強制していた。しかも、「上納金を抜いた後の折半の金額」をその際に持って来いと言うのだ。

亜矢子はその都度、中身が現金だと他のメンバーに悟られないよう、通常の長形封筒などは使わず、いかにも書類然とした大きめの角形封筒に入れたり、ちょっとした小物のような包装を施したりして持参した。

「亜矢子さん、いつもありがとう」

麻由は満面の笑みで受け取る。

「そうそう亜矢子さん、みんなすっごく喜んでたわ。またよろしくね、って。おかげで、あたしも鼻が高いわ。ありがとう」

「え。何なの何なの」

映子が興味深そうに聞く。予定日も間近で、腹がはち切れんばかりに膨らんでいる。

「みんなって、このメンバーのこと?」

梨花も、麻由と亜矢子の顔を等分に見比べて聞いてくる。亜矢子は何も答えられない。

麻由が言っているのは、ヒロリンたち売春グループのことだ。亜矢子の容貌やスタイル、身のこなしなどは、コンパニオンたちの中では際立っていた。ヒロリンは如才なく亜矢子の料金を高く設定し、グループの収入は向上した。

「違うの。あたしと亜矢子さんだけの秘密。ねっ」

麻由は亜矢子に向かってウインクをした。それればかりか、誠哉の顔を覗き込んで「ママにありがとうねー」などと甲高い声で話しかける。

「えー、なんかずるいなぁ、毎回毎回、二人だけで盛り上がって」

翔子が不満げに言う。馬鹿か、と亜矢子は腹の中で毒づいた。今の亜矢子の表情や様子のどこをどう見れば「盛り上がってる」などという感想が出てくるのか。

しかし、翔子だけではない。全員が、麻由と亜矢子の関係はすっかり改善されたものと解釈し、それを喜ばしいことだと思っている。《Mayu's café》でも、

〈最近すっごく雰囲気よくて楽し～〉

〈ホントホント、毎日でもダベりたいぐらい〉

などという投稿が応酬し、それが亜矢子の憂鬱をさらに助長する。

唯一、時恵だけは何かおかしなことが起きていると感づいているようで、

〈何かあったら、何でも相談してくださいね〉

とダイレクトメッセージを送ってくれたりするが、あの夜の過ちのことや売春を強制されていることなどは、いくら時恵相手でも打ち明けられない。ヒロリンから呼び出しを受けた際に何も言わず今までどおり誠哉を預かってくれるだけでも良しとせねばなるまい。

亜矢子は、売春行為を行っている時間以外にも、心を無にしようと努めることが多くなった。自分の外から入ってくる様々な情報を遮断したかった。自分の中から発されるあらゆる感覚を抹消したかった。そうしないと、自分を保っていられなかった。

外出先から帰宅すると、疲れ果ててしまってぼんやりと横たわることが増えた。

つい、誠哉の世話も不規則になってしまう。そのせいか、誠哉は体調を崩すことが多くなった。

その日も、誠哉を亜矢子の腕に戻しながら、時恵が心配そうに報告した。

「今日も少し熱が高かったんです。最近、こんなことが多くて。肌荒れも治りませんし……」

亜矢子は恐縮した。

「すみません、そんな状態なのに、しょっちゅうお預けしてしまって」

「それは、いいんです。詳しくお聞きできませんけど、最近、亜矢子さんご自身もお顔の色が優れないように見えるから、少しでもお手伝いができたらって思って」

「すみません……」

「あ、でもね、今日、誠哉ちゃん、つかまり立ちに挑戦したんです。テーブルの脚を握って。結果的にはぜんぜん立てませんでしたし、ちょっとヒヤッとさせられただけでしたけど。わたしは初めて見たんですけど、ご自宅でもなさいます？」

亜矢子は首を横に振った。していない、という意味ではなく、覚えていないという意味だった。したかも知れないし、していないかも知れない。したとしても、いつのことだったか分からない。

「そうですか……これ、いつものです」

時恵は、ミルクや離乳食を与えた時間と量、および体温を記録したメモを亜矢子に手渡した。初めて「誠哉の具合が悪かった」という報告をした日から、時恵はこのメモを書くことを励行してくれている。

「あと、離乳食用にと思って、百合根を裏ごししてペースト状にしておきました。うっすら味付けしてあります。すぐ冷蔵庫に入れてくださいね」

時恵はそう言って小さなタッパーウェアを亜矢子に持たせた。

丁寧に礼を言い、亜矢子は時恵のアパートを辞した。

坂道を上る。風が冷たい。季節はもう冬にさしかかっていた。

帰宅し、ベッドに誠哉を寝かせた。頬が赤みを帯びている。眼も充血しているように見えた。

いつまでこんなことが続くのだろう。永遠に終わらないのかも知れない。

時恵のメモを見て、そろそろ次の離乳食の時間だと思い、時恵が作ってくれた百合根のペーストをスプーンで掬《すく》って食べさせた。乳児用のオレンジジュースも少し飲ませた。

誠哉をベッドに戻して、リビングのソファにだらしなくもたれかかった。

目を閉じる。底深い疲れが全身を侵食していた。

気を失うように眠りへと陥った。

意識を取り戻して、真っ先に壁の時計を見た。二時間近く経っていた。

誠哉の様子を見に行った。ベッドのある洋間は照明をつけないままだったので、真っ暗だった。

「真っ暗でごめんね、誠哉」

弁解しながら手探りで壁のスイッチを押した。蛍光灯が点り、亜矢子は眩しさに目を細めた。

ぼやけた視界のまま、オムツのパッケージに手を伸ばした。いま交換しておけば朝まで持つだろう。

誠哉はうつ伏せになって眠っていた。仰向けに寝かせておいたから、自分で反転したのだろう。ベッドの木柵すれすれの位置にいる。寝返りの勢いが強ければ、頭をぶつけるところだったろう。クッションになるもので柵の内側を覆ったほうがいいかもしれない。時恵によればつかまり立ちの兆候が出てきたらしいから、柵の間に体が挟まったりしないようにも留意しなくてはなるまい。

ようやく視界がくっきりとしてきた。その時初めて、饐《す》えたような臭いが漂っていることに気がついた。

誠哉の頰の下に、どろどろしたものがわだかまっている。臭いはそこから発せられていた。

「誠哉？」

柵の上から身を乗り出して手を伸ばし、誠哉の頭部を抱き起こした。嘔吐《おうと》物が手にべっしゃりとまとわりつく。

誠哉は、ぐったりしている。揺り動かしても反応しない。

「誠哉！」

亜矢子は絶叫した。

抱き上げる。体はまだ温かい。しかし、呼吸の感触は感じられない。

胸に抱いた。腕が震えて誠哉の体を支えられない。さらに抱き上げて誠哉の顎を肩に乗せ、転がるように部屋を出た。

救急に電話をし、状況を説明した。気が動転しているのに驚くほど冷静に話すことができた。もう自分は絶望しているんだな、と心のどこかで思った。

第八章

11/5(Wed)

ママがスーパーの仕事をやめた。理由は、職場の人たちの間でパパのことが噂になって、ひそひそ話をされるのがたまらないから、だそうだ。

どうするの、って聞いても、「すぐに次の仕事を見つける」って言って、それから「一銭も稼いでない子どもがごちゃごちゃ言うんやない」って吐き捨てるみたいに言われた。

だから私も働く、て言ってるじゃない！　それをさせないのはママなのに！

賢人は相変わらずどこに行ってるのか分からない。ママのお金を勝手に持ち出したりしてるみたい。帰ってきた時、タバコの臭いがしたと思ったけど、恐くて言えない。

11/7(Fri)

ママは、前よりも遠くのスーパーがパートを探してるからと言って、採用の面接に出かけていった。どんなに遠くでも、よくない噂ってぜったい広がるから、おんなじことだと思う。

新聞の求人欄っていうのを、初めて読んでみた。私が働いてお金を稼ぐ方法ってないのかな、って思って。

でも、当たり前のことだけど、中学三年の女の子にできそうな仕事なんて、ひとつも載ってない。

新聞の折り込みチラシにも、求人広告っていうのがあった。古新聞入れからそういうのを引っ張り出してきて、いろいろ調べてみた。でも、結果は同じ。

確か、子どもを働かせちゃいけないって、法律で決まってるんだっけ。

私は近くの図書館へ行って、そういうことを調べてみた。外出するのって、いつ以来だろう。

社会科の本で調べてみたら、十五歳以下の子どもは働いちゃいけないって労働基準法で決まってるらしい。そりゃ、求人広告にも載ってないよね。

でも、学校と役所が特別に許可した場合は別。実際、芸能人とかって子どもでも働いてるわけだし。テレビで見たけど、モーニング娘。にも中学生のメンバーいたっけ。

学校の許可かあ。もらえないだろうな。

図書館からの帰りにコンビニに寄った。ママがごはんの支度をしてくれなかったとき用のカップラーメンとかを買うためだったけど、大きな冷蔵庫のガラス戸に映ってる自分の顔を見て、ふと思い浮かんだ。

私、お化粧したら、けっこう大人びて見えるかもしれない。年ごまかして働けるところって、ないかな。どうせ学校の許可なんてもらえないんだったら、風俗産業とか、そんなところで。

雑誌の販売コーナーへ行った。そういう求人の載ってる雑誌があるかと思って。

でも、ちょっと考えて、やめた。そこまでして、お金稼いで、それで私、いったい何を守ろうとしてるんだろう。

パパの工場へ行ってみた。特に目的はない。ただ、何となく足が向いた。

門のところに、張り紙がしてあった。差し押さえされたとか書いてあった。

家のローンが払えないと、家もこんな紙を張られて、私たちは追い出されることになるんだろうか。

やっぱり、何かヤバいバイトしなきゃならないかな。それとも、援助交際とか、そういうのやるしかないのかも。

11/11(Tue)

夜、帰ってくるなり、ママが冷蔵庫から缶ビールを出してきて飲み始めた。

私は、びっくりした。パパはビールやお酒が好きで、よく飲んでたけど、ママはあまり好きじゃなくて、パパに「一人で飲んでてもつまらんから付き合え」って言われて、無理やりちょびっとだけ飲んでた。自分から進んでお酒を飲むことなんて、なかった。今日の缶ビールも、パパが冷蔵庫に入れてたのがそのまま残ってたやつ。

「ママ、どうしたの？　ビールなんか飲んで」

ママは答えず、ゲホゲホとむせながら、まる一本飲み干した。それから、

「お酒飲んだら気がまぎれるかと思って飲んでみたけど、まずいだけやね」

と面倒くさそうに言った。

「なんかあったの？」

何気なく、そう聞いてみた。そしたら、何が気に入らなかったのか、ママは急にどなり出した。

「なんか、って？　あるわよそりゃ。あんたみたいな子どもにはわからないようなことが、いろいろとね！　ああ、腹立つ！」

「私、なんか悪いこと言った？」

「別に」

ママは一つげっぷをして、また冷蔵庫のドアを開けてビールを出した。

「まだ飲むの？」

つい、聞いてしまった。

「あかんの？」

ママは目をむいた。私は、首を横に振って、ママのそばを離れた。

夜遅く、洗面所でゲーゲー吐く音が聞こえた。パチンコ屋さんの仕事は休んだみたい。

11/12(Wed)

朝起きて一階に下りた。トイレに行こうとしたら、洗面所にママが吐いたのがそのまま残ってた。しかたなく、雑巾で掃除をした。ものすごく臭くて、私も吐きそうになった。

ママはリビングのソファに横になって、うんうんとうなってた。しばらくして起きてきたけど、吐いたのを私が片づけたのを見ても、何も言わなかった。別に感謝されたくてやったわけじゃないけど、情けなかった。

ママは、気分が悪いといって、スーパーの仕事に遅れていった。ゆうべも休んでたし、お酒なんか飲まなかったらいいのに。でも、そんなこと言ったらまた機嫌悪くなるし、私は何も言わなかった。

　でも、ムダな抵抗だったみたい。夜帰ってくると、ママは昨日より機嫌悪かった。私が何か言うまでもなく。

　仕事に遅れたことも怒られたとか、しんどくて仕事がキツかったとか、態度の悪いお客さんがいたとか、とにかくぶつぶつ言う。私はだまって聞き流してたけど、びっくりしたのは、ママがまたビールを飲みはじめたことだった。

「もうやめなよ」

　さすがに私も口を出した。

「うるさいわね。自分で稼いだ金で飲んで何が悪いの？」

「それ、パパが買ってきたやつやん。ママのお金で買うたんとちゃうやん」

　私は、つい、言わなくてもいいことを言ってしまった。

「何なん、屁理屈ばっかり！　ママが何のために働いてると思うてんの？」

　ママは飲みかけの缶ビールを投げつけてきた。私はさっと避けたけど、肩に当たった。けっこう痛かったし、中身のビールがぶわっとあふれて、私の顔や服や、床のカーペットが、びしょびしょになった。口にも少し入ってしまったけど、苦いだけでおいしくもなんともなかった。

ちまけられた。

「何すんねんな！」

私も怒りをおさえられなくて、すぐに缶を拾って投げ返した。缶に残ってたビールがぶちまけられた。

ママは、「ふん」と鼻を鳴らしただけで、缶は拾わず、また冷蔵庫を開けた。でも、もうビールは入ってなかった。

ママは今度はリビングの壁際のサイドボードのところへ行って、ガラス戸を開けて、パパが大事にしていたウイスキーのびんを取り出した。そして、栓を開けて、そのまま口をつけてラッパ飲みした。

「ママ！」

ぶへっ、と汚い音をたてて、ママは口に含んだウイスキーを吐き出した。少しは飲み込んだみたいだった。

「何してんの！」

ママは何も答えず、びんを持ったままソファに座り込んだ。

私はもう何も見たくなくて、大急ぎで階段を上って自分の部屋へ逃げ込んだ。

11/16(Sun)

ここ二、三日、賢人はもう、いつ家にいるのかいないのか、分からない。ただ、家のお金をくすねて外へ出て行っていることは間違いないと思う。きっとゲームセンターとかに入りびたっているんだろう。

ママは、毎晩お酒を飲むようになった。ぜんぜんおいしくないけど、頭がふらふらして気分が悪くなるけど、それがだんだん良くなってきたんだって。気がまぎれるんだって。パパのお酒がなくなったら、自分で買いに行ってきた。こういうのも、アル中って言うのかな。

夜の仕事は、行かなくなった。本人は行くつもりで、実際に行ったんだけど、お酒飲んで行ったからクビになったらしい。当たり前じゃん、そんなの。バッカみたい。

晩ごはんの支度は、たまにしてくれるけど、ほったらかしの時が多い。自分のお小遣いでインスタント食品とか買ってたけど、私が持ってるお金ももうなくなってきた。

ママに言うと、

「タンスのいちばん下の引き出しに封筒があるから、そこから持っていって」

って言う。でも、その封筒はもう空になっていた。賢人がちょくちょくすねて持っていってるから。

ママのお給料っていつ入るんだろう。

11/19(Wed)

賢人が傷だらけになって帰ってきた。

目じりとか、唇の端とか、切れて出血してるし、目の上とほっぺたがはれてるし、着てる物もどろどろであちこち破れたりすり切れたりしてる。

夜中にこっそり帰ってきて、気づかれないように自分の部屋へ入るつもりだったんだろうけど、私はたまたまトイレに起きてて、ちょうど出くわした。

「どうしたの、それ!」

最近ぜんぜん会話してなかったけど、ひと目見て、思わずそう聞いた。

「なんでもない」

賢人はぶっきらぼうに言って、ぷいっと横を向いた。

「なんでもないわけないやん、そんな顔して」

「うっさい」

私が伸ばした手を、賢人は乱暴に払いのけた。見ると、手の甲もあちこち皮膚が破れて出血してる。

「ケンカでもしたの？」

「見たらわかるやろ」

「どこで？」

「ゲーセン」

「誰と」

「知らん」

「知らんって、何」

「知らんもんは知らん。くそったれ」

何を聞いても愛想もへったくれもない返事だけど、それでもちゃんと会話になってるし、私を無視して立ち去ろうともしない。ケンカにこっぴどく負けて、賢人なりに心細くなってるんだろう。もっとひどいことになりそうなところを、命からがら逃げ出してきたのかもしれない。

賢人は階段の二段目にどっかり腰を下ろして、「あーあ」と投げやりに言った。

それからぽつぽつと話すところでは、いつも行ってるゲームセンターで不良っぽい集団と言い争いになって、多勢に無勢で袋だたきにあったあげく、持ってたお金ぜんぶ巻き上げられたらしい。お店の人も見て見ぬフリだったたし、賢人はすぐに店から連れ出されて裏道で痛めつけられたのだった。

「痛かったやろ?」

心の底から同情して言ってやったのに、「別に」と言う。でも、照れ隠しだろう。これにこりて、まともな賢人に戻ったらいいな。今までも、無理してワルを気取ってるようなところはあったし。

賢人は、「ババアには言うなよ」と口汚く言って腰を上げた。

「誰よ、ババアって」

私は聞いたけど、答えなかった。あと、吐く息にやっぱりタバコの臭いがしたのが気になった。

11/21 (Fri)

賢人がおとなしくしてたのは、ケンカでやられた次の日だけで、今日はまたいつもみたいに出て行ってしまった。まだケガも治ってないのに。

ママのお金は別の場所に隠しておいたのに、鼻が利くようになったのか、新しい隠し場所からくすねて行ったみたい。

ママに言っても、家にいるときは寝てるかお酒飲んでるかで話にならない。私、すごく孤独だ。

11/27(Thu)

夜遅く、警察から電話があった。

ママはお酒飲んでリビングでうだうだしていたから、私が電話に出たけど、警察って聞いてびっくりした。

賢人くんの保護者の方ですか、って聞かれて、違いますって答えて、ママを呼んだ。

「ママ、警察から電話……」

「何なの？」

「まだ聞いてない」

聞いてないけど、なんとなく想像はついてた。

「あんた聞いといてよ」

「保護者の人が出て、って言うてるんやもん」

ママはしぶしぶ私から子機を受け取った。

「はい……そうですけど……えっ？　どこでです？」

ママの目や背筋がしゃんとなった。

「はあ……今からですか。はい……」
二、三分で通話は終わった。
「どうしたの？」

私が聞くと、ママは不満そうに、

「ケンちゃんが、不良グループのケンカに巻き込まれて、警察に捕まったんやって。アホちゃうの、あの子」

「警察に捕まった……って」

逮捕されたってこと？　賢人はまだ中学二年だよ。なんだっけ、少年法とか言うんだっけ、あれは関係あるんだろうか？

「で、警察署まで引き取りに来なさいって」

「すぐ行こう！」

「あんた行ってきてよ。警察なんてかっこ悪くて行けへんわ、そんなん。息子引き取りに行くやなんて」

「何言うてんの！」

私はあきれ返った。

「私が行ったかて返してくれるわけないやん。親が行かなアカンやろ」

こんな酔っ払ったママが行っても、返してくれないかも知れない。でも、親が行かなかったら、子どもはどうしたらいいの？

「私もいっしょについて行くから、早く行こ」

私は必死にママを急きたてた。ママはしぶしぶ支度をした。

夜遅かったので、バスはもうなかったから、タクシーを拾った。ママがタクシー代を持っているかどうか、私は気が気じゃなくて、ひやひやした。

警察署の建物は、どの窓もぜんぶ明かりがついていた。真っ暗な夜の中では異様な雰囲気だった。

賢人は、ろうやみたいなところに入れられてるのかと思ったけど、そうではなかった。テレビの刑事ドラマとかで見る、取調室みたいな部屋で、パイプいすにちょこんと座っていた。こないだよりはましだけど、やっぱりあちこちすりむいたり青くはれたりしている。またケンカしたんだ。

賢人の横には、すごく体の大きな男の人が腕組みをして立っていた。刑事さんだろうか。ママが見るからに酔っているのを見て、唇をへの字にゆがめた。「こんな親だから子どもがこうなるんだ」みたいなことを考えたのかもしれない。

「ああ、ケンちゃん。帰ろ」

ママは刑事さんにあいさつもせず、賢人を引っ張って帰ろうとした。私はあわてて「すみません」と頭を下げた。

「お母さんですか？」

刑事さんは私を無視してママに聞いた。

「はい」

「事情を説明しておきます」

刑事さんが言うには、賢人は高校生の不良グループの仲間に入っていて、そのグループが別の不良グループとケンカになって、それで見ていた人が警察に通報して、おまわりさんが駆けつけた、ということらしい。

どうやら賢人、そのグループの先陣役っていうか、要するに使いっぱしり的ポジションだったらしい。中学生だから当然だ。

驚いたことに、刑事さんが賢人からいきさつを聞き取ったところでは、賢人が仲間に入った不良グループっていうのが、こないだゲームセンターで賢人がからまれてこてんぱんにやられた、そのグループのことらしい。

なんで自分がひどい目にあわされたグループに入って、好き放題使われてるのか、私にはぜんぜん理解できない。対立してるグループに所属して仕返しする、っていうのならまだしも。

今日のケンカは、おまわりさんが駆けつけたら、くもの子を散らすみたいにみんな逃げ去って、賢人ひとりが捕まったらしい。逮捕とかじゃないらしいけど、学校行ってないことや、タバコ持ってたこともあって、こっぴどく怒られた。親は親でお酒のにおいぷんぷんさせてるし。

むちゃくちゃな家族だって思われてるだろうな。

それでも刑事さんは、さんざんお説教した後で、

「お母さんがしっかりしてあげんとアカンよ」

と、優しく言ってくれた。見た目は恐いけど、いい人なんだろうなと思った。

警察署の外に出た。ママはよろよろと歩き出した。

「タクシー拾わないの？」

私が聞くと、ママはキツネにつままれたような顔で、

「そんなお金、ないわ。さっき払ったタクシー代が最後や」

「こんな時間、バスもないいし、歩いて帰んの？」

「他に方法ないやろ」

私はげんなりした。

「タクシー、家に着いたら運転手さんに待っててもらって、お金持ってきて払うたらええやん」

「ない、て言うてるやろ！　誰かさんのせいで」

ママは賢人をにらみつけた。

「ない、って、そういう意味？」

いま持ち合わせがないだけじゃなくて、家に帰っても、タクシー代払うだけのお金がないってこと？

「ママのパート代は？」

「いつの話、してんの？」

ママは私をバカにするような目で見た。

「そんなん、とっくにやめたわ」

「やめたんはパチンコ屋さんだけでしょ？」

「パチンコは行ってるで。昼間やけど」

ママはアハハハハと笑った。

「スーパーは？」

「そやから、スーパーはやめて、パチンコ屋に行ってるの。パートよりもうかるわ。たまにやけど」

　意味が分からなかった。

「姉ちゃん、知らんのか」

　そっぽを向いていた賢人が口をはさんできた。

「そのババア、働かんとパチンコ行って遊んでんねんで。おれ、見たもん」

　私は、ママと賢人の顔を交互に見比べた。ママ、いつも午前中から出かけて夕方帰ってくるから、スーパーの仕事は続けてると思い込んでた。

「だいたい、オッサンが自殺したとき、なんでそのまま警察とか救急車とか呼んだんや、ババア。誰かに殺されたみたいに見せかけといたら、保険金入ったやろ。それぐらいの気も回らんと、偉そうにおれに説教すんなよ」

　賢人が怒鳴った。もう言ってることが無茶苦茶だ。

「賢人、ええ加減にして！」

　私は思いっきり叫んだ。

「ママも！　もう、こんなんイヤや！」

　その場にうずくまって、耳をふさいだ。

　ママが、私に近寄って、肩に手を置いた。優しく包み込むような置き方だったので、私はママが気持ちを入れかえてくれたんだと思って、嬉しくなって見上げた。

そしたら、ママはこう言った。

「パトカーで家まで送ってほしい言うて、さっきのおまわりさんに頼んできてくれへん?」

私は、もう、とても返事できなくて、その場でわんわん泣いた。

第九章

1

何もかもが、小さな葬儀だった。

生まれてまだ九か月、たった八キログラムの誠哉。彼の体の大きさに合わせた棺《ひつぎ》。葬祭場にもいちばん小さな部屋を用意してもらった。祭壇も、その飾りつけも、みな小さく簡素なものにした。

手渡された骨壺《こつつぼ》も、驚くほど小さかった。けれど、火葬場でその意味が分かった。まだ肉体が完成されていない乳幼児の遺体は、成人と違って焼かれた後に骨がしっかりとは残らないのだ。

その小さな骨壺は今、ベビーベッドを置いてあった洋間に支度した後飾りの上に置いてある。ベッドは解体したが、まだ捨てていない。目にするのが辛いのだが、廃棄するという その作業を行う気力が湧かない。

葬儀は家族葬にし、身内以外は呼ばず、ひっそりと行った。亜矢子の両親と、孝哉の両親と兄夫婦、その他親族が数名。それだけだった。

亜矢子の両親は、葬儀の後も数日東京にとどまって、あれこれと身の周りの世話を焼いてくれた。考えてみれば、両親と会うのは誠哉が生まれた直後に見に来てくれた時以来だった。もっと会わせてやればよかったと悔やまれた。

孝哉の両親や親族は、はっきり口にこそ出さないものの、態度や表情は明らかに亜矢子を非難していた。亜矢子には、その非難が心地よかった。まだまだ責めが足りないとすら感じた。もし、亜矢子の身に生じている様々な出来事を彼らが全て知ったなら、非難はこんなものでは済まなかったろう。

元の職場や、志穂をはじめ旧知の友人たち、麻由のコミュニティなどにも、一応の知らせは出した。葬儀は身内だけで行うから足を運んでもらうには及ばない、と伝えた。

職場や友人からは弔電が届いた。志穂は「何か手伝えることはない？」と聞いてきた。気持ちだけで充分だと答えておいた。

麻由の取り巻き連中は、メッセージアプリを介して弔意を伝えてきた。キャラクターの泣き顔のスタンプ付きメッセージを送ってきた者もいる。自分なら決してしないだろう場違いな気遣いが、却って嬉しかった。自分がまだこの世の中と繋《つな》がっている、という実感が持てた。

さすがの麻由も、今回ばかりはどう反応してよいか測りかねているようで、常套句《じょうとうく》のお悔みをメールで伝えてきただけだった。この状況でいつものような態度を見せることは憚られたのだろう。

時恵は、取り乱した。亜矢子が電話で誠哉の身に起こったことを告げると、絶句し、信じられないと言い、嘘や冗談でないことを理解すると、わたしのせいだと泣き叫んだ。すぐに駆けつける、と言ったが、亜矢子は断った。

亜矢子の内心に時恵を恨みに思う気持ちが皆無だったかといえば、そんなことはない。責任の一端はあると思った。特に、誠哉が最後に食べたのは時恵が作った離乳食だったから、仮に時恵に責任はないとしても、少なくとも原因ではあった。

しかし、時恵を責めることはできなかった。時恵は亜矢子のためを思って誠哉の世話を買って出てくれていたし、亜矢子はそれにすっかり甘えていた。時恵に責任があるというなら、その責は結局は亜矢子に帰せられるべきものだ。

それに、時恵は誠哉の具合がよくないことを何度か注意喚起していたし、医者にも連れて行ってくれた。最善は尽くしてくれたと思う。時恵が面倒を見ているときに誠哉が亡くなったのなら、他の対処もあったろうが、事故は亜矢子がいるときに起きた。打ち消しても打ち消しても頭をもたげてくるこの恨みがましい感情は、ただの逆恨みだ。

そうやって冷静に判断できてしまう自分が愛おしかったし、腹立たしくもあった。時恵に会いたい気持ちはあったが、どんな顔をして会えばよいのか分からなかった。

信じがたいことに、葬儀の最中にもヒロリンからのメールが来た。もちろん無視した。いくら麻由でもそれを咎めるような真似はすまいという計算ではなく、もうどうなってもいいという自虐的な感情からだった。

亜矢子の身辺が落ち着きを取り戻した頃、暦はもう十二月も半ばに近かった。

誠哉の死以降、孝哉との関係は奇妙な静けさを保っていた。

孝哉は、彼の両親たちのように亜矢子を非難することはなかった。むしろ、ここしばらくのぎくしゃくした関係を払拭するかのように、亜矢子を労《いたわ》り、庇《かば》い、葬儀についての面倒な作業や手続きも積極的に引き受けてくれた。皮肉なことに、誠哉の死は亜矢子と孝哉に結婚当初以来の蜜月をもたらした。

しかし、葬儀が終わり、その騒がしさの余韻が消えてくると、虚ろな空気が亜矢子と孝哉の間に漂うようになった。

わが子の死という最大の悲しみに対峙《たいじ》するために、自らを、そしてお互いを叱咤《しった》し、激励し、鼓舞していた二人は、冷静さを取り戻すにつれて、その叱咤や激励や鼓舞が疎《うと》ましく思えてきた。酔った勢いで長広舌を振るった翌朝、酔いが醒めてみると前夜の振る舞いが恥ずかしく思い出されてくる。そんな状況に少し似ていた。

うまくいっていなかった自分たちの関係の中に、あの蜜月をどう位置づけたらよいのか、測りかねていた。それに触れることもそれを無視することもなく毎日を過ごすための絶妙な距離感を探る努力に、二人は生活の大半を費やした。

先に努力を放棄したのは、孝哉だった。

「僕たち、もうこれ以上二人で一緒にいる必然性はないんじゃないかな」

ある夜、いつものように何の会話もなくただ置物のようにリビングで時間を浪費していた時、彼はそう切り出した。

週末のデートの場所の相談を持ちかけるような自然な口調だった。たぶん、どんなふうに切り出すか頭の中で何度も練習したのだろうな、と亜矢子は思った。

「どうして、そんなこと言うのよ」

亜矢子は抗議した。本音の抗議ではなかった。こんなに大きな、しかも決定的な決断は、両者の間で何の議論もなく容易に合意されるべきではない。仔細に検討した上で結論を導かなくてはならない。そういう大義名分を成立させるためだった。

内心では、孝哉に感謝すらしていた。奇妙な静けさが続いて、このまま放置はできないことは分かり切っていて、しかしいつどこでどうやってその静けさを打ち切ればよいのか分からずにいた。

孝哉は、亜矢子に先んじて静寂を破ってくれた。それは、亜矢子への彼なりの思いやりなのかも知れない。おそらく、最後の。

「君も同じ考えなんじゃないかな、と思っているんだけど」

亜矢子の抗議には応じず、孝哉は淡々と言った。

「誠哉のことで深く傷ついている君に、今の段階でこんなことを言うのは酷だとはわかっているけど、たぶんこれは時間が解決するような問題じゃないと思う。だから、早いうちに告げたほうがいいと思った」

「少し考えさせて。何もかも失いたくはないから」

亜矢子は曖昧《あいまい》に答えた。ただの先延ばしだと自覚しながら。

孝哉は、亜矢子に口火を切らせたくないと思ったのだろう。「こういうことは男がやるべきだ」という哲学を自分に課したのだ。以前から、現代的で理知的ではあるけれど、稀《まれ》に古風な側面を見せることもある男だった。

「復職のタイミングとかもあると思う。君の要望には誠意をもって応じるから、どんなことでも相談してくれ」

そう言い置くと、孝哉は自室に引き取って行った。これ以上、今日は亜矢子からは何の返答も出てこないと見極めたのだろう。その見立ては正しかった。

離婚には結婚の何倍ものエネルギーが要る、と誰かがどこかに書いていた。今の自分にそれだけのエネルギーが出せるだろうか。

その、どこかの誰かがここに現れて、何もかもを亜矢子の思うままに解決してくれないだろうか。亜矢子はそんな空想をした。

2

誠哉の葬儀の後、麻由のコミュニティとは音信不通の状態が続いていた。

ヒロリンからの指示メールはぷつりと止んだ。しかし、事象が現在進行形ではなくなったというだけで、亜矢子が売春に手を染めたという事実は消せない。

とはいえ、ヒロリンから次の指示が来ても、亜矢子は無視しようと考えていた。

孝哉との離婚が成立すれば、彼に知られることによる不利益を怖れる理由はほぼ消滅する。そのことで麻由に唯々諾々と従う必要はない。それで麻由の不興を買ったとしても、もはやどうでもいい。

亜矢子はこのまま麻由のコミュニティからフェードアウトするつもりだった。自分はこのマンションを出て行くことになるだろう。誠哉がいなくなった今、彼の将来を考えてこの地域の同世代のママ友と良好な関係を保っておく必要もない。

ただ、心残りは時恵だった。

誠哉の死を亜矢子と時恵がそれぞれどう捉えているか、それをお互いに明らかにしておきたかった。恨むにしろ、許すにしろ、その相互了解がなければ次に進めないと思った。しかしこの話を、いつ、どこで、どうやって切り出せばよいのだろう。亜矢子は悩んだ。時恵のほうから、「せめてお線香だけでもあげさせてください」などと連絡してこないだろうか、と期待してもいた。

ところが、時恵からは意外な形で意外なメッセージが届けられた。《Mayu's café》のグループ掲示板に投稿してきたのだ。

〈突然ですが、皆さまにお暇を告げさせていただくこととなりました。

麻由さんをはじめ、皆さまとはほんとうに楽しい時間を過ごさせていただき、また、たくさんの勉強をさせていただきました。

皆さまへの感謝の気持ちは、言葉では言い尽くせません。

本来なら直接お会いしてお礼を申し上げなくてはならないところ、このような簡単なあいさつで済ませてしまう非礼をお許しください。

実は今、すでに住まいを引き払って、遠方に来ております。ずっと遠くから、皆さまのご多幸をお祈りいたしております。

今までお世話になりました〉

そう書かれていた。

一読しても頭に入らず、再読していると、再びスマートフォンが振動し、今度はメールが着信した。時恵からだった。

〈亜矢子さん、いろいろお世話になりました。

《Mayu's café》のメッセージ、読んでいただいたことと思います。

誠哉ちゃんのこと、亜矢子さんにはほんとうにお詫びの言葉もありません。

自分のしたことから目をそむけず、ちゃんと亜矢子さんをお訪ねして、直接謝罪し、誠哉ちゃんのご冥福を祈らせていただかなくてはならない。そう思いつつも、その勇気が出ませんでした。

わたしが感じている悲しみやつらさなんて、亜矢子さんの何百分の一、何千分の一でしかないのに、そのつらさに負けて、こうして逃げるように去ってしまったわたしを、どうか許してください。

いつまでもお元気で。

さようなら〉

亜矢子は急いでスマートフォンの電話を起動した。指が汗ばんだせいか、ディスプレイが反応せず、いらいらした。

電話をして何を話せばよいのか、考えていなかった。時恵に対する感情はまだ整理がついていない。ただ、このままにしておいてはいけない、という衝動だけがあった。

時恵は既にあのアパートを引き払って遠方に来ていると書いている。誠哉の死から半月ほどの間に遠方に生活拠点を確保してそこへ転居することは、不可能ではないだろうが、あまりに唐突すぎる。

まさか、〈遠方〉とは、この世ではない場所のことを指しているのではないのか。

ようやく電話帳を呼び出すことができた。時恵の名前をタップする。筐体《きょうたい》を耳に当て、発信音を待つ。

『電波が届かないところにいるか、電源が入っていないため、かかりません』

女声のガイダンスが聞こえた。

取るものもとりあえず、亜矢子は外出の支度をした。時恵のアパートへ行くつもりだった。本人はもう去った後だとしても、隣人が行き先を聞いているかも知れない。それが叶わなくても、せめて管理人の連絡先でも分かれば、後は何とかなる。

手近なバッグにスマートフォンを放り込もうとした時、また振動を感じた。時恵からかと思い、画面を確認すると、《Mayu's café》の掲示板への新たな投稿だった。

梨花だった。

〈時恵さん、サロンとカフェとおんなじメッセ上げてるけど、どしたの？　これって亜矢子さん向けでしょ？　それか、マジ？〉

亜矢子さん向け？　どういう意味だろう。亜矢子は引っかかるものを覚えて、スマートフォンのディスプレイを凝視した。

〈亜矢子さん向けでしょ？　それか、マジ？〉

その言葉を字義通りに解釈すれば、「亜矢子向けのメッセージはマジではない」ということになる。

梨花へメッセージを送ってみた。

〈今のは、どういう意味？〉

しばらく待ってみたが、返信はない。リロードをかけてみると、つい今しがたの梨花の投稿は、《Mayu's café》の掲示板から抹消されていた。

投稿は、投稿者本人にしか削除はできない。梨花が消したのだ。

しかし、グループのトップページのタイムラインには、ヘッダとして投稿の冒頭部分だけが消えずに残っている。

〈時恵さん、サロンとカフェとおんなじメッセ上げ……〉

カフェとは《Mayu's café》のことだろう。では、サロンとは?

何か、自分の知らないところで知らないことが起きている。

梨花に電話をした。

出ない。

無意識に時計を見た。さっき考えたとおり時恵のアパートへ行くか。それとも。

亜矢子は、別の行為を選択した。

電話帳を表示して、麻由の名前をタップした。

電話に出なければ家を訪ねるつもりだった。

幸い、数回の呼び出し音で麻由が出た。

「麻由さん?」

亜矢子が呼びかけると、いきなり深いため息が聞こえた。それに続いて、

『電話してくると思ったわ。知らない、って言っても、亜矢子さんは追及してくるでしょうね。間違えるなんて、梨花の、バカ』

呆れ返っている様子だ。

『っと、その前に、亜矢子さん、ご愁傷様。何て言ったらいいかわからないけど、お気の毒だったわね。ご冥福をお祈りします』

麻由は淡々とそう言った。

『あと、ヒロリンにはちゃんと言っといたから、もう連絡はないわ。あたしもそこまで鬼じゃないし、だいいち』

「そんなことはどうでもいい」亜矢子は麻由の発言を遮った。「今の梨花さんのメッセージはどういう意味？　サロンって何なの？」

『メッセージアプリのグループ名よ。亜矢子さん抜きのね』

「あたし、抜き？」

『そう。カフェのメンバー七人から亜矢子さんだけ抜きにした六人で運営してるの。《Mayu's salon》ってね』

「何……それ？」

『カフェは表の掲示板。サロンは裏の掲示板。そういうことよ。それぐらい、察してほし

いた。

亜矢子抜きの、裏の掲示板。そこでどんな会話が交わされていたかは、容易に想像がつ

いもんだわ』

「いつから？」

『カフェができた後、わりとすぐだったかな。カフェのほうではみんなきれいごと書いて、サロンで本音の話をする、って感じで、みんな楽しんでたわ。まあだいたいは亜矢子さんの話だったけどね。集いの後は、いつもすっごく盛り上がった』

麻由の取り巻きが彼女に味方するのは当然だった。しかし、時恵によれば、彼女たちも決して麻由に心酔しているわけではなく、しぶしぶ持ち上げている部分もあったはずだ。だから、《Mayu's café》でみんなが亜矢子をフォローしてくれたことや、亜矢子が提供した情報に感謝してくれたことは、本音だと思っていた。

事実は、そうではなかった。亜矢子に見せかけの好意を寄せる一方で、裏の掲示板では、その好意を真に受ける亜矢子を嘲笑していたのだ。

めまいがした。

「どうしてそんな酷いことを？　あたしが、みんなに何したって言うの？」

『さあ？　ちょっと鬱陶しかっただけよ。亜矢子さん、何かにつけて上から目線で物言っ

てくるし、言ってることは正しいんだろうけど、なんかバカにされてるみたいでさ』

「だったら」亜矢子は屈辱を噛みしめて叫んだ。「あたしを仲間になんか入れなきゃいいでしょう？　さっさと追い出せばよかったんでしょう？」

『うーん。でも、亜矢子さんがいると、なんていうか、まとまるのよ、みんなが。話題にも事欠かないし。ヒロリンの件の時は、サロンはものすごい盛り上がりだったわよ』

梨花や翔子たちの顔と声が脳裏に次々と浮かんだ。みんな、表づらはにこやかに振る舞いながら、裏では示し合わせて亜矢子を蔑《さげす》んでいた。

吐き気を催しそうだった。

「麻由さん、あなたがそこまで酷い人だとは思わなかった。人をいじめて、陰で笑って、そんなに楽しい？　はっきり言わせてもらう。あなたは、人間のクズよ」

亜矢子は言い放った。もうこの際、麻由が自分のことをどう思おうが構う必要はない。

「あたしにも至らないところはあるわ。でも、あなたのような卑怯な真似はしない。文句があればちゃんと正面切って言うわ。たとえそれで軋轢《あつれき》を生んだとしても、そうしないと真っ当な人間関係なんて築けない」

『ああ、そういう言い方がイヤなのよ。いっつも自分は正しい、って思ってるでしょ？　亜矢子さんって。いったんそう思ったら、他人の言うこと聞かなくなるし』

それはあなたのことよ、と言い募ろうとしたが、麻由がいつになく鷹揚《おうよう》な口調なのが気になり、次の発言を待った。

『今もそうでしょ。あたしが先頭切ってサロンであなたの悪口書いてた、って決めつけてるじゃん。言っとくけど、サロンを作ろうって提案したのは、時恵さんだからね。あたしじゃない』

えっ、と亜矢子の口は固まった。

『あの人ももう遠くへ引っ越しちゃったそうだから、今さらどうでもいいけど、そう、時恵さん。あの人が言ったの。亜矢子さん抜きの掲示板作りましょ、って。カフェを作ったすぐ後で。まあ、真っ先に賛成したのはあたしだけど』

「どういう……こと？」

声が震えた。

『さあ？　本人に聞いてみたら？　でも、気を利かせてくれたつもりだったのかもね。あたしが亜矢子さんのことを苦々しく思ってるのを感づいて、はけ口を作ろうとしてくれたんじゃないかな、今になって思えば。あの人、すっごく人のことに気を遣うでしょ。最初からそうだったもん』

「最初って？　麻由さん、時恵さんとはいつからの仲なの？」

『永大がお腹に入ったころだから、亜矢子さんと知り合った時期とそんなに変わんないわよ。二、三か月早かったかな。あたし、妊娠初期につわりがひどくて』

産婦人科を出たところで気分が悪くなってよろめいているところを、「大丈夫ですか？」と声をかけてきたのがきっかけだったと言う。

『あの人は妊婦じゃなくて、婦人科系の病気で来てたんだけど、会うたび、いろいろ親切にしてくれてさ。お礼したくて、家に呼んだりして。ママ友仲間作ったら、って言ってくれたのも彼女。あたしも、梨花たちみたいなお馴染みのメンバーだけじゃつまんないから、時恵さんの勧めで、亜矢子さんやみのりさんに声かけたのよ』

時恵は、自分は子どもを産めないが、せめてママの気分を少しでも味わいたいから、麻由の組織したママ友の集いに参加させてほしいと言い、麻由は一も二もなく了承した。

『あとは、亜矢子さんも知ってるとおりよ。サロンのことを除けばね』

時恵は、亜矢子からと同じように、麻由からも信頼を勝ち得ていた。いわば、二股をかけていたのか。いや、亜矢子抜きの掲示板を提案したということは、時恵がどちらの味方だったのか——もっと言えば、どちらの敵だったのかは、明らかではないか。

とすれば、通販サイトなどに関する亜矢子からの情報を時恵が麻由にどう伝えていたかも、およそ想像がつく。

「麻由さん」

『何よ』

自分がこんな言葉を麻由に告げることになるとは思ってもみなかった。

「正直に話してくれて、ありがとう」

『やめてよ、気持ち悪い』

亜矢子はもう一度礼を言って電話を切った。

今度こそスマートフォンをバッグに押し込んで、急いで家を出た。

3

時恵の部屋の前に立つのは久しぶりだった。半月前まで、誠哉を連れて週に一度か二度は必ずこの部屋を訪れていたのだ。

時恵の行き先の手掛かりはあるだろうか。

ノックの必要はないと思って、いきなりドアノブを引いた。意外にもすんなりと開いた。

時恵がいた。

亜矢子の顔を見て、あっと息を飲みはしたが、その実、来訪を予期していたようにも見えた。

「時恵さん！」

亜矢子は大声で呼ばわり、部屋へ進入して後ろ手でドアを閉めた。

「亜矢子さん……」

時恵は微笑んで亜矢子を迎えた。

部屋の中は、がらんとしていた。壁際に大小さまざまな段ボール箱が積み上げられている。台所もすっかり片づけられており、テーブルと椅子も部屋の隅に寄せられていた。

「今から……？」

「ええ」

時恵は荷造り作業の手を止めて部屋の真ん中あたりに横座りした。

「でも、さっきは『もう引っ越しました』って」

「黙って行ってしまってもよかったんですけど、ちょっと試してみたかったんです」

「何を？」

「亜矢子さんが、わたしに会いに来るかどうか。まさか、梨花さんがあんな初歩的なミスをなさるとは思ってませんでしたけど」

時恵は微笑んだままそう言った。

「聞いたわ。サロンのこと。麻由さんから」

「そうですか」

亜矢子は強く咎めたつもりだったが、時恵は顔色ひとつ変えない。

「どういうつもりなの？　あたし、時恵さんはあたしの味方だとばかり思ってた」

「それはありがとうございます」

「ふざけないで！」

亜矢子は乱暴に靴を脱ぎ、時恵に迫った。

「最初からそのつもりだったの？」

「そうです」

胸を張って答える。隠すつもりもごまかすつもりもない、というように。

「わたしの目的は、誠哉ちゃんだけだったんですけれど、そこに至るまでが大変でした」

時恵は平然と誠哉の名を口にした。亜矢子の背筋を寒気が通り抜けた。

「誠哉が目的って、どういう意味なの？」

「死んでもらおう、って思って」

時恵の言葉が耳の奥でぐるぐるとわだかまった。亜矢子は危うくその場で倒れそうになった。

「どうすれば亜矢子さんから誠哉ちゃんを預けていただけるか、いろいろ考えたんですけど、時間をかけて、ちゃんと亜矢子さんの理解者になって、信頼してもらえるようになって、っていうのが、遠回りだけど確実だと思いました。間に合ってよかったです」

「誠哉に……何をしたの……」

「もう、いいじゃないですか。済んだことですし」

まるで風呂上がりのようなさっぱりとした、かつ上気した顔つきで言う。

「あの日の離乳食に何か入れたのね！」

「違います。あれはちゃんと、真心こめて作りました。美味しく食べてもらえるように、って。あ、もしかしてあれが喉に詰まった、とかですか？　どうして亡くなったのかはお聞きしてませんでしたけど」

「その通りよ。あれが原因じゃないなら、何なの」

「簡単に言うと、誠哉ちゃんをお預かりしてお世話をするたび、少しずつ、体によくないものをミルクや離乳食に混ぜていたんです。ただ、わたしがお預かりしている間に亡くなっては困るので、量は加減していました。直接の中毒死じゃなくても、抵抗力がなくなることで病気になったり、嘔吐《おうと》しやすくなったりして、いずれ間接的な死因になってくれればと思っていたんですけど、わたしの期待通りになったわけですね」

時恵は喜びに満ちた顔で述べた。この喜びをあなたにも分けてあげたいとでも言いたげに。

「そんな……酷いことを……」

「でも、わたし、亜矢子さんに何度か注意しました。誠哉ちゃんの具合がよくないって。お医者さんにも連れて行きましたし。熱も肌荒れも、わたしが混ぜてた薬物のせいなんですけど、亜矢子さんが途中で気づいて適切に手を打っていたら、誠哉ちゃんは助かったかもしれませんし、わたしとしては充分な機会を亜矢子さんに残してさしあげたつもりなんですよ？」

「時恵さん……！」

怒りで目から血が迸《ほとばし》り出そうだった。

「そうとも知らず、何度も何度も『すみません』って申し訳なさそうに誠哉ちゃんを預けに来る亜矢子さんに、思わず同情してしまいました。それに、何も知らずににこにこ笑ってわたしの腕に抱かれてる誠哉ちゃん。もう、本当に、夢を見るような気分を味わわせてもらえました。亜矢子さんには感謝してます」

――ほんとうの親子になれたみたいで、嬉しかったんです。

時恵はそう言っていた。他人の子とは言え、愛情を持って誠哉に接してくれているのだと信じていた。いや、あんな稚《いとけな》い存在を手に抱けば誰でも幾ばくかの情が移るものだろう。それを時恵は、危害を加えるためだけに誠哉の世話をしていたというのか。

「でも、最初は驚きました。覚えてます？　ほら、わたしが初めて誠哉ちゃんを抱っこした時、あの子すごく泣いて、ぜんぜん泣きやまなくて。本能的に危険を感じとったんだろうか、ってドキッとしました。赤ちゃんって、無力な分、大人よりも鋭い感覚を持っているのかも知れないですね。手なずけるまで、ずいぶん苦労しました。亜矢子さんから信用してもらうのは、それこそ赤子の手をひねるようなものでしたけれど」

時恵はクスッと笑った。最後の皮肉のあまりの的確さに、亜矢子は肺腑《はいふ》を抉《えぐ》られる思いだった。吐き気がした。

「どうして！　自分が子どもを産めないから、その腹いせなの？」

「まさか」

時恵は小刻みに首を振った。

「亜矢子さんが悪いんですよ」

「あたしが？　どうして？」

「おわかりになっていただけないのは仕方ありませんけれど、ともかく亜矢子さんには、ちゃんと生きて苦しんでいただきたかったんです。そのためには亜矢子さんに死んでいただくわけにはまいりませんから、可哀想ですが誠哉ちゃんに死んでもらうしかなかったんです」

二の句が継げずに唇を震わせる亜矢子に、時恵は世間話のように聞いてきた。

「そうそう、亜矢子さん、お母さまはご健在でいらっしゃいます?」

不意打ちのような質問に、亜矢子は思わず素直に首肯してしまっていた。

「そうですか。誠哉ちゃんのお葬式には来られました? さぞお悲しみだったことでしょうね」

「それが……何?」

「いえ、ふと思っただけです」

時恵は満足げな微笑みを浮かべる。

お母さま、という言葉に、亜矢子はふと思い当たった。

「麻由さんの昔のことをお義母《かあ》さんに告げ口したのも、時恵さんね?」

笑顔を保ったまま、時恵は頷いた。

「はい。麻由さんのご結婚前のご様子も、時おり昔のお友だちと会って息抜きなさってることも調べてありましたし、何か利用できないかと思っていました。そんな時、亜矢子さんが親しくしてらっしゃる橘妃美子さんがあのホールに出演されると聞いたものですから、そこで亜矢子さんと麻由さんを鉢合わせさせられないかな、と考えたんです」

亜矢子と妃美子が同窓生で現在でも行き来があることを知っているとは、麻由の行状だけではなく、亜矢子の過去や身辺についても時恵は調べていたということか。

「鉢合わせ……させる？」

「橘さんのオフィスに、お願いしたんです。ママ友仲間のためにチケットをプレゼントしてもらえないかって。亜矢子さんのお名前で。麻由さんの分は、『サプライズにしたいから、私の名前は出さないでご実家に送って』と依頼しました」

妃美子の一筆箋に書かれていた〈メール〉は、亜矢子を騙《かた》って時恵が出したものを差していたのだろう。そして、〈みなさん〉は同窓会ではなく、ママ友仲間のことだったのか。

「亜矢子さんに成りすましてメールしたり、匿名の手紙を投函したりするのは、さすがに危険かなと思って躊躇《ちゅうちょ》したんですけれど、あまり時間もないし、亜矢子さんをつらい立場に追い込むことでわたしへの依存度を高めていただくためには、手段は選ばないつもりでしたから」

亜矢子はその場にへたり込んだ。時恵の言葉ひとつひとつに打ちのめされながら、時恵がこんなに堂々と喋るのは初めてだな、とどうでもいいことに感心していた。

亜矢子の知る時恵は慎み深く、遠慮がちで、常に他人を引き立てるように心を配る人物だったが、いま目の前で滔々《とうとう》と語る時恵からは、人の上に立つ者の風格さえ感じられる。

ママ友コミュニティの中心人物として君臨していた麻由も、実は時恵に操られていただけだった。言わば、時恵こそがコミュニティの〈影の女王〉だったのだろう。

「あと、これもお聞きになりたいでしょうからお伝えしておきますね。亜矢子さんがホテルに入るところを麻由さんに写真に撮られたのも、わたしが時間と場所をお教えしたんです。正確には、わたしがお金で雇った、あの男の人が、ですけれど」

悪びれもせずに声をかけてきたカフェの男。もう顔も思い出せない。思い出したくない。

「ご主人とのことでご不満を感じてらっしゃると伺ったものですから、もしかしたらと思ったのですが、あんなにうまくいくとは正直思っていませんでした。もっとも、成功したのはその二つだけでしたけれど。他にも、亜矢子さんを苦しめるきっかけになりそうなことは、いくつも試みたんですが」

もはや驚くには値しなかった。

「そのおかげで、あたしが麻由さんにどんなことをさせられたか、知ってるんでしょう?」

「はい、それについては、謝っておきます。麻由さんのことだから何らかの意趣返しをなさるだろうな、とは期待してましたけど、まさかあんなこととは予想外でした。ごめんなさい」

時恵はしれっと言い、頭を下げた。

その謝罪が、亜矢子の怒りに油を注いだ。

「時恵さん！」

膝でにじり寄り、力任せに時恵の頰を叩いた。時恵は倒れそうになったが、床に手をついて体を支え、涼しい目で亜矢子を見た。

「今、どんなお気持ちですか？」

「こんな気持ちよ！」

両腕を伸ばし、時恵の首を摑んだ。

「あたしが！　あなたに！」

ぐらぐらと揺する。

「何をしたって言うの！」

力を込める。

時恵は腕を突き出して亜矢子を遠ざけようとした。しかし、その力は驚くほどに弱い。

「言いなさいよ！　さあ！」

時恵の首が完全には絞まらないように力を加減した。ひとしきり抵抗させたら解放し、さらに問い詰めるつもりだった。

だが、時恵はほどなく抵抗をやめ、瞼《まぶた》を閉じ、全身の力を抜いた。それはまるで、殺せるものなら殺してみろ、と挑発しているように亜矢子には感じられた。

頭に血が上った。頭蓋骨の中が破裂したかと思った。

「この!」

亜矢子は最大限の握力を込めた。

時恵の白い喉《のど》に親指が食い込んだ。時恵はけほっ、けほっとむせたが、それでも抵抗しようとはしなかった。

ただ、時恵は何か言おうとしたのか、声にはならなかったが、くっくっと微かな音を漏らした。

——間に合った。

そう呟いたように聞こえた。唇の形がそう見えただけかも知れない。

「何がよ!」

亜矢子はさらに絞め続けた。確かに、絞まっているはずだった。しかし時恵は一向に苦悶の表情を浮かべない。

必死に絞めているつもりでも、もしかしたら的確には絞まっていないのかもしれない。

時恵はそれをあざ笑うために、意図して平然とした表情を取り繕っているのかもしれない。

亜矢子は力の限り絞め続けた。

何秒か、何分か、あるいは何時間か。時恵の表情が一向に変化しないことに業を煮やしたのと、息が切れて力が入らなくなったのとで、亜矢子は手の力を緩《ゆる》め、時恵を解放した。

時恵は、どさりと崩れ落ちた。

「時恵……さん？」

時恵の胸に手を当てた。息が止まっていた。

「時恵さん？」

肩を揺らす。反応はない。目を閉じて、平穏な表情のまま、ぴくりとも動かない。

「死んだの……？」

亜矢子は思わず後ずさりをした。

しばらくその位置から時恵の体を観察していた。

完全にこと切れているようだった。

亜矢子はやおら時恵の体に覆いかぶさり、胸に手を置いて心臓マッサージを開始した。

以前、職場で受けた心肺蘇生法《そせいほう》の研修を思い出して、懸命に胸を押した。

反応は、ない。

救急車を呼べば間に合うかもしれない。亜矢子は玄関口に置きっぱなしだったバッグを持ってきて、スマートフォンを取り出した。

電話を起動する。

ダイヤルボタンを表示させて、そこで手を止めた。

このまま時恵が死ねば、自分は殺人罪になるのだろうか。救急を呼んで回復すれば、殺人未遂で済むのだろうか。

いずれにしても、破滅だ。

どうすればいい?

孝哉には相談できない。もし今の身の処し方を相談できるとしたら、それこそ時恵しかいなかった。

その時恵を亜矢子は殺してしまったのだ。たった今。

実家の両親に連絡するか? いや、とても言えない。仮に何か方法があるとしても、ここまで来るのに半日はかかる。

相談できる相手は、他には思い浮かばなかった。

ダイヤルボタンの表示を消し、代わって電話帳を呼び出した。

発信ボタンをタップした。

呼び出し音は十数回鳴り続いた。

ようやく着信した。

「お願い……助けて……」

電話の相手が言葉を発するよりも先に、亜矢子は涙声でそう訴えた。

第十章

12/4(Thu)

ママが、今住んでる家を出ようと言い出した。というか、出なくちゃいけないんだって。

私も、やっとパパが死んだことを自分の気持ちで受け止めることができるようになってきた。ママと賢人があんなありさまだから、パパのことのショックが薄れただけかもしれないけど。

だから、図書館に行ったり、本屋さんで立ち読みしたりして、いろいろ調べてみた。保険金のこととか。

パパは、鯉沢さんのお父さんにそそのかされて、難しい投資にお金を注ぎ込んで、失敗した。その負けを取り返そうとして、また注ぎ込んで、それで雪だるま式に借金が増えてしまった。

もともと、四年前に工場を大きくした時、たくさんのお金を銀行から借りていた。パパは仕事をがんばっていたから、いつかは全部返せるはずだったけど、少しでも早く返そうとして無理したんだと思う。

それはきっと、三年前に私が、二年前に賢人が、私立の中学に入ったからだと思う。特に、私の理奏女はものすごくお金がかかった。

そんなことも、私は知らなかった。娘が有名なお嬢様学校に入ってパパもママもきっと鼻が高いだろう、私に感謝してるだろう、ぐらいにしか考えてなかった。

借金を返せって言われて、パパは生命保険のお金を当てにして、自殺した。でも、保険会社はお金を払わなかった。いくら調べてみても、この理由は分からなかった。生命保険には免責っていう決まりがあって、契約を結んでから三年以内に自殺しても、保険会社はお金を払わなくてもいいんだそうだ。

パパがいつ契約したかは、保険の証書っていうのを見たらわかるはずだけど、もうママが捨ててしまった。でも、保険ってたぶんもっと若いときに契約するもんだと思うし、三年前以内ってことはないと思う。

徹底的に調べて、保険会社と戦ったら、何とかなったんじゃないのかな。でもママは丸め込まれてしまった。パパが死んで気落ちしてたからだと思う。

もうひとつ、パパには借金があった。この家のローンだ。ママがパートで働きはじめた時、二言目にはローンローンって言ってた。

調べてみたら、住宅ローンにも生命保険がついてて、もちろんパパもそれに加入してた。ローン組んでる人が死んでしまったら、残りのローンは保険で全部払ってくれる、っていうルールになってる。団体信用保険っていうんだ。

こっちにも免責っていうのがあって、一年以内の自殺は対象外だった。でも、パパがこの家を建てたのは工場を大きくした次の年だったから、三年前だ。保険もその時に入ってるだろうから、一年以内じゃない。だからパパは、ローンのことは心配要らないと思ってたんだろう。ママと私と賢人は、この家に住み続けることができるって。

でもパパは、一つだけ計算違いをしていた。というか、たぶん忘れていた。住宅ローンを払ってる銀行の口座に、お金がなくなっていたことを。

口座にお金がなくて、ローンの支払いが溜まると、団体信用保険が無効になってしまう。そのルールに引っかかった。

だから、これからもローンを払い続けなくちゃいけない。払えなかったら、追い出されることになる。

ママは、最初のうちはがんばって払ってたけど、すっかりお酒におぼれてしまって、パートはやめちゃうし、賢人は家のお金を持ち出して使っちゃうし、もう払えなくなった。

だから、家を銀行に売ってもらうんだそうだ。どこか小さなアパートでも借りよう、ってママは言ってる。

いろいろ知ったら、もう情けなくて、涙も出なかった。

でも、引っ越すのもいいかもしれない。できたら、ずっと遠くがいいな。

でも、引っ越し代って出せるのかな。ママは今は、郵便局の通帳に少し残っていたお金を下ろして生活費にしてるけど、あれがなくなったらどうなるんだろう。

12/5(Fri)

昨日はめずらしくお酒もあまり飲まずに、まともに話をしてくれたママだったけど、今日はまた逆戻り。

私が「ずっと遠くに引っ越したいな」って言うと、急に怒り出した。

「何言うてんの。あんたは理奏女の中学を卒業するんやから、そんな遠くには引っ越さへんで」

私はソファの上。ママはテーブルでちびちびとウイスキーを飲んでいた。最近、どんどん飲むお酒が濃くなっている。やめてって言ってもケンカになるだけだから、もう最近は言わないことにしてる。

「行かない」

私は首を横に振った。ママはさらに怒りを増した。

「何のために学費払ったと思うてんの」

「今からでも公立の中学に転校して、そこで卒業する」

「アホか。理奏女行かへんのやったら、払った後期分の学費、取り返して来てんか」

なんてむちゃくちゃ言う。

「ママが勝手に払ったんやん！　私、別に頼んでないし！」

私は思わずそう言ってしまった。

ママの顔色がサッと変わった。私はやばいと思って急いでソファから下り、リビングを出ていこうとした。

「もっぺん言うてみ！」

ママは立ち上がると、大声で叫びながら大またで追いかけてきて、私の肩を捕まえ、ほっぺたを平手打ちした。

ばちーんとものすごい音がした。音にびっくりして、痛みを感じなかったほどだった。

私も、ぷちっと切れた。

「何すんの！」

叫び返して、ママを思いっきり突き飛ばした。酔っ払っていたママはよろよろとよろめいて、どすんとしりもちをついた。ママは「うっ」とうなって、しりもちの勢いでそのまま床にあお向けに倒れてしまった。

「ご、ごめん、ママ」

私はすぐに謝った。けどママはむくっと上半身を起こすと、ものすごく冷たい目で私を見て、

「出て行きなさい」

と言った。

「何、それ」

「あんたなんかもう家にいらん。出て行き。今すぐ」

「なんでやの？」

「自分で言うたやないの。遠くに引っ越したいて。どこでも、一人で好きなとこ行ったらええ」

冗談だと思ったけど、冗談じゃなかった。私がまごまごしていると、ママは血相を変えて、「出て行け！」と大声で怒鳴った。

私は恐くて、そのまま家を飛び出した。

ママが追いかけてきそうで、家を出てからとにかく走った。息が切れて走れなくなって立ち止まって、サンダルをはいてきたことに初めて気づいた。

家の中で着てた服装のままで、ジャンパーとかも着てないから、走るのをやめるとすぐに寒くなってきた。

とぼとぼと当てもなく歩いた。お財布も持ってないから、何も買えないし、バスにも乗れない。電話もかけられない。時計持ってないから、時間も分からない。

どんどん寒くなってきた。

通りがかりのコンビニに入って、時計を見た。もう夜の十一時だった。家を飛び出してきたのは八時ぐらいだったから、もう三時間も歩いたわけだ。

もうママは寝たかな。鍵閉められてたらどうしよう。そんなことを考えながら店を出ると、店の駐車場で輪になって座り込んでたガラの悪そうな男の人たちにじろじろ見られた。恐くて、走って逃げたかったけど、そうしたらかえって面白がって追いかけられそうで、なるべく平然とした態度で、でも早足でその場を去った。

家まで戻ってくるには、やっぱり三時間ぐらいかかったと思う。

家の中は電気が全部消えていて、真っ暗だった。玄関の鍵も閉まってた。インターホンを鳴らしたけど、何の反応もなかった。

仕方なく、ガレージに入って、ママの軽自動車の陰でうずくまって寝た。

寒くて眠れなかったけど、気がついたら朝になってた。だから眠ったんだと思う。

12/6(Sat)

起きてみたら、ふらふらして立ち上がれなかった。

おでこやほっぺたを触ってみたら、ものすごく熱い。風邪を引いた。

よろけながら門のところまで戻って、インターホンを鳴らした。何度か鳴らすと、ぷちっと音がした。

『はい?』

ママの声だ。

「ママ……玄関開けて……寒いよ」

私は細々と訴えた。

インターホンはすぐに切れた。少しして、玄関のドアが開いて、ママが顔を出した。

「なんでゆうべ開けてくれへんかったん」

私は叫びながら駆け寄ったけど、寒くて疲れてるせいで、大きな声も出なかったし、足ももつれて転びそうになった。必死で玄関までたどり着いた。ママはすぐに顔をひっこめたから、また閉め出されるんじゃないかと恐かった。

家の中に入ると、ママはリビングのソファの上で寝そべって、またウイスキーを飲んでいた。

「賢人は？」

私が聞くと、ママは「知らん」と答えた。

私はその時、唐突に、冷静さを失った。全身の感覚がマヒしてたせいかも知れない。みしみしとママに歩み寄って、ママが手にしていたグラスを取り上げて、窓に向かって力いっぱい投げつけた。がしゃーん、と大きな音がして、グラスも窓も割れた。

「何すんの！」

ママは体を起こして、私に迫ってきた。でも、お酒のせいか、足取りはしっかりとはしていない。

私は、迫ってくるママのほっぺたを思い切り平手でたたいた。昨日、私がたたかれた時よりもずっと大きな音が響いた。

ひるんだママに、私はつかみかかった。ソファに押し倒して、馬乗りになった。

三回ぐらい、平手打ちした。私の手も痛かった。

そして、思いっきり、首を絞めた。

ママ、もうこんな生活やめて。私と賢人のことをちゃんと見て。お酒に逃げないで。それができひんのやったら、もう、死んで。

そんなことを口走っていたと思う。

ママは大きく目を見開いて、何か叫ぼうとしてるけど、のどが絞まってるので声が出ない。両手を突き出して私の顔を引っかこうとするのを、私は天井を見上げるほど上半身を反らして避けた。ママは足もばたつかせて私の背中を蹴ろうとしたけど、そんなの、何の防御にもなってなかった。

人の首を絞めるのなんて、もちろん、生まれて初めてだった。テレビとかでそんな場面を見たことは何度もあるけど、あれだって本当に絞めてるわけじゃないし、どれぐらいの力をどれだけの時間入れたら人が死ぬのか、そんなの見当もつかない。でも、これならやり遂げられる、という感じがした。

そう思ったとたん、私の力は尽きた。

熱のせいで持久力もなかったし、親指とかひじの内側とかが痛くなってきて、もうそれ以上力を入れ続けることができなくなった。

少し力をゆるめると、ママは首を左右に振って、私の手をさらにゆるめた。それから、両脚を私の背中に巻きつけて、私の体をいったん引き寄せて、それから両手で私の胸を勢いよくどすんと突いた。私は吹っ飛ばされるようにママから離れた。ママはぜいぜい息をつき、私をにらみつけた。私はすぐに起き上がって、同じようにママをにらみつけた。

しばらく、にらみ合いが続いた。

私は、がまんできなくなって、ママに抱きついた。

ごめんなさい、ママ。

ごめんなさい、ママ。

ごめんなさい。

何を謝ってるのか、分からなかった。たぶん、私は何も悪いことはしていない。さっきママの首を絞めたことと、昨日の夜、ママを突き飛ばしたことと、それ以外には何も悪いことはしてないと思う。でも、謝るしかなかった。

ママは、私をかばうようにして腕を回した。それから、小さな子どもをあやすみたいに、背中をとん、とんと軽くたたいた。

そのまま、二人でソファに倒れこんだ。横になっても私は謝り続けた、ママは私をあやし続けた。

私は、泣き続けた。泣きながら、眠りに落ちた。

目が覚めたら、午後三時ぐらいだった。

目の前に、ママの顔があった。ママは、私の背中をなでてくれていた。

私の目が覚めたのに気づくと、ママは私の頭を抱えて自分の胸に押しつけた。いつだったか、こんなふうに抱きしめられたことがあったっけ、とぼんやり思い出した。

私が口を開こうとすると、ママはにっこり笑って、

「何か食べたいものはない？」

と聞いた。

私は、他のことを言おうと思ってたけど、素直に答えた。

「『タ－ブルダンジュ』のアントルメ。ショコラムースのやつ」

「買いに行こ」

「もう売り切れてるよ」

「食べたいんやろ？」

ママは私の頭をいっそう強くぎゅうっと抱きしめた。私はなんだか恥ずかしくて、ママの胸に顔を何度も押しつけて涙をふいた。

「ほら、行くよ」

ママにうながされて、私はようやくママの体から離れて体を起こした。顔じゅう涙と鼻

水でグズグズだった。

「変な顔」

ママが笑った。でも、ママの顔もおんなじだった。

二人で洗面所へ行って、順番に顔を洗った。

私が自分の部屋へ上がってジャンパーをはおってくる間に、ママは車のキーを用意していた。

「久しぶりに乗るわ。バッテリーだいじょうぶかな」

そう言って首を傾げる。

「それより、酔っ払い運転にならへんの？」

私は心配になって聞いた。今朝、私が帰ってきたとき、ママはまだ飲んでいたから。

「だいじょうぶだいじょうぶ。もう抜けた」

「ホンマに？」

「子どもは心配せんでええの」

外に出た。よく晴れていた。寒いけど、寒くなかった。

『ターブルダンジュ』に行くのはほんとうに久しぶりだった。

初めて連れてってもらったのは、理奏女の合格発表の帰りだった。歩いて十五分ぐらいかかるけど、どうしてもってねだって連れて行ってもらったのを覚えてる。

お祝いに、ってお店でいちばん人気のあるショコラムースを買ってくれた。毎日数量限定で、予約を受け付けてないから、なかなか買えないことで有名で、たまたま一個だけ残ってててラッキーだった。

あのケーキを食べたら、新しいスタートが切れるような気がした。

ママが運転してる間、私は何もしゃべらずに、窓におでこをくっつけて、ずっと外を見ていた。

言いたいことは、たくさんあった。ママに「何食べたい？」って聞かれたから、言いそびれたけど。

私、幸せだった。そう言いたかった。

生まれてからこれまで、ずっと、幸せだった。いやなことも悲しいこともたくさんあったけど、でも幸せだった。世の中の平均からすれば、すごく恵まれてたんだと思う。

だから、今がすごく不幸でも、まだまだだいじょうぶ。最低でも、今まで幸せだった分がそっくり帳消しになるぐらい不幸になるまでは、がんばってみよう。もしそうなっても、それでもまだ、やっとスタートラインだ。ゼロからのスタート。

ママ、あとたった三か月だけど、私、ちゃんと学校行く。理奏女に通って、卒業する。

いま行ったら何言われるかわかんないけど、でもちゃんと行く。もう、誰にも負けない。せっかくママが学費納めてくれたんだもん。それなのに私、賢人に遠慮して、あんなひどいこと言って、ごめんね。

賢人には、きっといつか、それ以上のことを取り返してあげる。賢人も、今はあんなだけど、話せば分かってくれる。分かってくれるまで、私もきちんと話をする。

そんなことを、言いたかった。

小っちゃなアパートに引っ越して、三人でがんばろうね。私、高校行けなくても、自分で働いて、通信制とか定時制とかで卒業資格取るから。

ママも、きっと似たようなことを考えていたんだと思う。だから、何も言わなかったんだと思う。

道が混んでたから、一時間近くかかった。小さなお店で、駐車場もないので、車で来たお客さんはお店の前に路上駐車するんだけど、今日は高級そうな外車が一台止まってるだけだった。

「買うてくるから待っとり」

ママは外車のすぐ後ろに車を置いて、エンジンをかけたまま車を降りた。

ママと入れ違いに、お店の中から二人のお客さんが出てきた。私と同い年ぐらいのきれいな女の子と、たぶんそのお母さん。

それが誰なのか気づいて、私はあっと息を飲んだ。

鯉沢さんだ。

とっさに私は車の外へ出そうになった。けど、すぐに思いとどまることができた。

鯉沢さん。何もかもに恵まれてきて、今も恵まれてて、これからも恵まれた生活を送るに違いない人。そして、私たちの幸せを壊した人のお嬢さん。

鯉沢さん、あなたは私のことなんか知らないでしょう。あなたが輝き続ける一方で、こんなところで私がいっしょうけんめい自分を励ましてることなんて、知りもしないでしょう。

でも、あなたは最初から違う世界の人。そう思うことにします。あなたとは違う世界で、私は私なりに、もう一度、幸せになれるように、がんばる。

二人の乗った外車は、すーっと発進して走り去っていった。

その直後、ママがお店から飛び出してきた。あたふたと走ってきて、車の運転席に飛び込んでくる。

「どうしたの？」

「一個だけ残ってたけど、ママと入れ違いに出てったお客さんが、買うていってしまったって」

ママは悔しそうに言った。

鯉沢さんだ。

私は、がっかりした。そして、腹が立った。

たった今、鯉沢さんのことは、自分の心の中で整理をつけたつもりだった。パパが自殺する原因になった人だけど、鯉沢さん自身が悪気があってしたことじゃない。もう別の世界の人として、考えないでおこう。そう決めたばかりだった。

それなのに、どうして、私の世界のじゃまをするの？　そんなに恵まれてるのに、その上、最後のケーキまで持っていくの？

唇をかみしめた。

ママは大急ぎで車を発進させた。

「確か『ターブルダンジュ』って、支店あったね。どこだっけ？」

走り出して、すぐにスピードを上げる。

「ママ、もうええよ。帰ろ」

私はそう言ったけど、ママは乱暴に車線変更して、次の交差点を右折しようとした。

どかーん、と大きな音がして、目の前がぐるっと一回転した。さらにもう一回転した。

どこかに思いっきり頭をぶつけて、私は気を失った。

12/24(Wed)

昨日、ママが死んだ。

事故の日から昨日までがんばってくれたけど、とうとう、だめだった。

あの日と、その前の日の日記は、昨日、思い出しながら書いたから、ところどころあやふやだ。でも、必死に思い出して書いた。

あの日、ママと私の乗った車は、直進してきた車とぶつかって、横転した。

車が壊れたのは、私が乗ってた助手席側のほうがひどかったけど、私はシートベルトをしてたから、なんとか助かったそうだ。ママはしていなかった。だから助からなかった。

ママも私も、意識不明の状態で救急車で病院に運ばれた。私は二時間ぐらいで目が覚めたそうだ。あちこちケガしてたけど、一週間ぐらいの入院ですんだ。

ママは、集中治療室に入れられた。

何日もこん睡状態が続いた。でも、ぜったいに助かるって信じて、毎日祈ってた。

でも、だめだった。

賢人は、あの日、いつものように遅く帰ってきて、ママも私もいなくて、車もないのを見て、自分が置いてきぼりにされて捨てられた、って思ったらしく、家の中でひとりで暴れて、また外へ出て行って、また不良の高校生にケンカふっかけて、袋だたきにされてひどいケガをした。私がそれを知ったのは、二日も経ってからだった。もう、泣く気力もなかった。笑えてきた。

事故のあと、民生委員の高木さんが来て、学校に連絡をして事情を説明したり、静岡にいるおじさんに連絡を取ったり、いろいろ世話を焼いてくれた。私は、退院したら真っ先に高木さんに連絡して、このあとどうしたらいいか相談した。高木さんは、とにかくママが回復するように祈ろう、と言った。だから、祈ってくれてたと思う。

祈りは届かなかった。

私と賢人がこれからどうなるか、それも高木さんと相談することになると思う。私と賢人には、生活していくお金がない。ママは、酒気帯び運転だったとかで、事故の責任もほとんどママのせいになったから、保険金とかも出ないだろうって聞かされた。いちばん頼りになるのは、静岡のおじさんだ。ただ、うっすら聞いたところでは、私はともかく、非行少年になってた賢人は引き取りたくない、って言ってるらしい。

私ひとりだけ引き取ってもらうわけにはいかない。

そうしたら、二人で、養護施設か何かに入ることになるのかな。

その前に、ママのお葬式のこととか、この家をどうするのかとか、いっぱい考えなくちゃいけないことがある。でも、私にはどうしていいかわからない。

とにかく、今夜はお通夜。それも高木さんがあちこち連絡をして、準備してくれた。そして明日がお葬式。

今は何も考えたくない。考えられない。これからどうなるのかも分からない。でもきっと、スタートラインよりずっと後ろに下がることになるんだろうと思う。

今日で、日記書くのもやめる。

そのかわり、私は、ひとつの誓いを立てた。

鯉沢さんに、私と同じ思いをさせてみせる。

絶対に。何年かかっても、絶対に。

もう、私にはなんにも残ってない。たとえ悪気はなくても、私から何もかも奪った鯉沢さんに仕返しをすることしか、私には残されていない。

人を呪わば穴二つ、ってことわざを聞いたことがある。他人を呪うと、その怨念は自分にも返ってくる。その人だけじゃなくて、自分の墓穴も掘らなくちゃいけなくなる。そういう意味だそうだ。

もしそうなら、それでもいい。

だから鯉沢さん、お願いです。私のこの憎しみの気持ちが、あなたの人生に不幸の実を結ぶまで、どうか幸せでいてください。私があなたをその幸せから引きずりおろす希望を、私から奪わないでください。

いつか、その日まで。

1997.12.24（Wed)　香月時恵

終章

城壁のように積み上げられた段ボール箱に囲まれて、二人の女が静止していた。一人は床に座り込んで、両手で顔を覆って俯《うつむ》いている。いま一人は眠っているような顔で力なく横たわっている。

座っているのは、顔は見えないが間違いなく亜矢子だ。そして横たわっているのは、時恵だった。

首を絞めて殺してしまった、と電話で告げられたから、断末魔の苦痛に歪んだ顔を想像していたけれど、目の前にあるのは、写真で見たのと少しも変わらない、穏やかで薄幸そうな時恵の顔だった。

ただ、事前に写真を見ていなかったとしても、この死に顔を見れば、あの香月時恵が長じた姿だと判別できたかも知れない。記憶の中にある十五歳の頃の彼女の面影は、思いのほか残っている。

志穂はドアに鍵をかけ、亜矢子に歩み寄った。対面するのは、ネパール料理の店でのランチ以来だった。

「アヤ、大丈夫?」

志穂の言葉に、亜矢子は顔を上げてかぶりを振った。生気なく青ざめている。時恵よりむしろこちらのほうが死人のようだ。

「鍵、かけとかなきゃダメじゃない。来たのがわたしだったからよかったけど、誰か他の人が入ってきたらどうするの」

何度かドアホンを押したが反応がなく、ドアノブを引いてみたらあっさり開いたので、志穂は驚いた。なんて無防備なのか。

「志穂……どうしよう。あたし、どうしたらいい?」

亜矢子は抑揚のない声で聞く。

「もう……?」

志穂は答えず、時恵に視線を移した。亜矢子は二度頷いた。

「死んでる……」

「日野時恵さん、って言ったかしら」

「うん。前に話したこと、あったわよね」

「すごく親切で、良くしてもらってる、ってアヤ言ってたわ」

「ええ」

「それが、どうしてこんなことに？」

「わからない」

「そう……」

志穂は同情の目で亜矢子を見た。

本当に分からないのだろう。目の前の遺体がかつての同級生だということが。

三か月ほど前、最初に亜矢子から時恵という名を聞かされた時は、二つの意味で「まさか」と思った。〈時恵〉は、さほどありふれてもいないが、珍しいというほどの名前でもない。まさか理奏館女子中学の同級生だった香月時恵ではあるまい、という思いと、仮にそうだとしたら、まさか亜矢子がそのことに全く気づいていないということはあるまい、という思いと。

そのいずれもが的中していたことは、調べればすぐに分かった。

中学時代の亜矢子は、自分のライバルになり得る生徒以外には関心を持たない少女だった。家柄、経済力、学力、運動神経、容貌、人望、何かの分野で自分を凌駕《りょうが》する可能性のある生徒とは、あるいは睦《むつ》み、あるいは敵愾心《てきがいしん》を燃やし、あるいは懐柔し、ともかく何らかの関係性を取り結んでいた。しかし、いずれの分野でも自分に比肩する可能性がない生徒については、名前すら覚えていなかった。

香月時恵も、そんな生徒の一人だった。だから亜矢子は、時恵が自分を激しく憎んでいることなど、気づきもしなかったのだろう。当時も、そして今も。

時恵の名を聞かされた時から、志穂は時恵について様々に調べて回った。雑誌記者として培った取材力がこんなところで役に立つなんて、と苦笑いしながら。

時恵の実家は、小さな町工場だった。堅実な経営で事業を拡大し、羽振りはよくなったが、子ども二人を私立の中学に通わせるには心許なかった。息子の賢人が通っていた洛英中学はまだしも、理奏館の学費や寄付金はなまじの経済力では払えるものではない。

時恵の父親の香月正人《まさと》は、無理な投資案件に手を出し、泥沼に嵌《はま》った。もともとそんな才覚のある人物ではなく、実直さだけが取り柄の男だったようだ。

正人は借財を背負ったまま自殺し、母の靖恵《やすえ》はそれから間もなく交通事故で死んだ。

身寄りを失った姉弟は児童養護施設に預けられたが、賢人は一年と経たないうちに施設を脱走し、行方知れずとなった。数年の後、彼は傷害事件を起こし、警察に追われて逃走中にビルの非常階段から足を踏み外して転落し、死ぬことになる。

時恵が十八歳で施設を出た後の足跡はほぼ全て確認できたが、二十歳代前半までは荒《すさ》んだ生活を送っていた。風俗店での仕事で生計を立てていたらしい。

無理が祟って体を壊し、入院もした。婦人科系の疾患で妊娠できなくなった。亜矢子に語った身の上のうち一部は真実だったということになるが、結婚も離婚も経験していない。日野というのは単なる偽名だ。

二十歳代後半からは、風俗の稼ぎで蓄財に務めた。生活は慎ましやかだったので、周囲の人は彼女があっと驚くほどの預貯金を蓄えているなど思ってもみなかっただろう。

今のアパートに住まいしたのは、二年ほど前だ。既に働かなくてもいいだけの現金を持っていたから、仕事はしていない。

二年前と言えば、亜矢子と孝哉が高級マンションに入居した時期だ。時恵の足跡と亜矢子の足跡を比較すると、ほぼぴたりと一致する。亜矢子が東京の大学に入れば、時恵は施設を出て上京し、亜矢子が住んでいたワンルームマンションにほど近い安アパートに。亜矢子が就職して住まいを替えれば、またその近くに。

時恵は、亜矢子を尾行していたのだ。亜矢子に復讐する機会を窺うために。

この二年、時恵が働いていなかったのは、持てる全ての時間をその復讐に費やすためだったのだろう。

亜矢子を不幸にする。その思いだけが時恵を支えていた。

その復讐は、今こうして実を結んだのだ。

満足げな笑みにも見える時恵の死に顔を眺めながら、志穂は自分が取材した〈強い意志で自分の目標を貫いている女性の半生〉を思い返していた。

「アヤ……どうするつもり？」

何も言わない亜矢子に、志穂は問いかけた。

「わからない……」

「自首するなら、付き添ってあげる。でも、他のことを考えてるなら、わたしが手伝えることはほとんどないわ」

残酷だとは思ったが、志穂は正直な気持ちを告げた。

「わかってる。でも、あたし、捕まりたくない……」

「アヤ……」

亜矢子のこんな弱々しい声や表情は、初めてだ。かつての亜矢子なら、自分が招いた災禍にも正面から立ち向かっていっただろう。たとえそれがわが身を滅ぼすような道であったとしても。

亜矢子は、弱くなった。志穂はそう実感した。

後悔がちくりと胸を嚙んだ。

亜矢子から時恵の言動を聞き、時恵の足跡を調べていくうちに、時恵の意図は容易に透けて見えた。亜矢子は気づいていないけれど、彼女は危地に陥れられている。志穂には分かっていた。

けれど、志穂はそれを亜矢子に告げなかった。せめて、先月ランチを一緒に食べた際にでも警告しておいてやれば、こんなことにはならなかっただろう。

志穂にそれを思いとどまらせたのは、時恵の覚悟だったのかも知れない。

時恵は、末期癌《がん》を患っていた。

発見されたのは今年の二月、ちょうど亜矢子が誠哉を出産した頃だった。元は肺癌だったが、全身の骨に転移しており、その時点で時恵は余命一年程度と宣告されていたのだ。入院して本格的な治療、もしくは延命治療を受ける選択肢もあったが、時恵はそれを望まなかった。麻薬で疼痛《とうつう》を抑えながら、普通の日常生活を送る道を選んだ。自分の目標を完遂するために。

この事実にたどり着くのは困難を極めた。医師には守秘義務がある。志穂は多大な代価を支払った。この先、死ぬまで他人に明かすことはあるまい。

亜矢子に殺されて、時恵は本望だったろう。亜矢子を不幸に陥れただけでなく、間もなく尽きるであろう自らの命と引き換えに、亜矢子を徹底的に破滅させることができるのだから。

「無駄かも知れないけれど、一つ、方法があるわ」

志穂は迷いながら切り出した。

「何？」

亜矢子は涙目で見上げる。

「ちょっと待って」

転居の準備はほぼ完了しているようだが、志穂が想像しているものは最後まで箱詰めされないはずだった。

部屋の中を少し探して、簞笥《たんす》の上でそれを見つけた。引っ越し業者の見積書だ。思ったとおり、単身パックだった。規模の大きな引っ越しなら業者が事前に下見に来ることがあるが、このパックならおよその荷物の量を電話やファクス、もしくはウェブ申込みで把握するだけだろう。つまり、業者は時恵と対面していない蓋然性が高い。

段ボール箱などの荷造り用資材を事前に配達する際に顔を見られている可能性はあるが、見積書の記載によれば「不在時留置可」と書かれている。留守の間に玄関先に置いて行ってくれて構わない、という条件で申し込んでいるのだ。

転居先の住所は静岡。搬出は明日の午前、搬入は明後日の午前だ。

「アヤ、スーツケースはあるわよね」

　亜矢子が頷く。

「持ってきて。それに死体を詰めるの。それを引っ越し荷物の一つにしてしまう。そして、アヤがこの人に成りすまして荷物を出して、現地で受け取るの。後のことは、それから考えましょう」

　亜矢子は眼を見開いた。

「うまく……いくかしら」

「わからない。でも、今この場を切り抜けることはできるわ。他には思いつかない」

　亜矢子の眼に生気が甦《よみがえ》ってきた。

「すぐ、持ってくるわ」

「ダメ。夜まで待って。こんな真っ昼間に大きなスーツケースを運んできたら、目につくわ。とにかくアヤは、今すぐここを出て、いったん家に帰って、心を落ち着かせて、暗くなってからスーツケース持ってきて」

「志穂は？　志穂はどうするの？」

「ここに残る。誰か来たら困るから。誰が来ても出ることはしないけど、物音を立てるとかして、中で時恵さんが生きてることにしておいたほうがいいでしょ。ここで、荷造りの続きをするわ。でも、わたしが手伝えるのは、そこまで。あとは、アヤがやるの。いい？」

死体遺棄を教唆《きょうさ》したことで罪に問われるかも知れない。その覚悟はあった。せめてもの罪滅ぼしのつもりだった。ただ、「無理やり協力させられた」と証言すればさほどの罪にはなるまい、という計算も一方では働いていた。

「志穂、ありがとう。本当にありがとう」

「親友じゃないの。アヤのためならこれぐらい何でもないわ。いつでも、わたしの憧れであり目標だった、クイーンのアヤのためなら。ほら、そんな顔で外出たら、おかしいって思われるわ。顔拭いて、アヤ」

志穂はハンカチで亜矢子の目の下や頬を拭ってやった。

亜矢子は靴脱ぎに立ち、ドアを薄く開けて周囲を確認し、忍び足で外へ出て行った。

ぱたっ、とドアが閉まる音がした。志穂は静かに施錠をした。

部屋の中へ戻って、時恵を見下ろした。

大きくため息をついた。

それから、段ボール箱の壁に歩み寄り、手近な箱を開封して中身を検めた。生活用品がきちんと納められていた。

引き続きひとつ、またひとつ、箱を開封していった。夜までにはまだ時間がある。慌てる必要はない。

十箱目ぐらいで、何冊かの古い日記帳を見つけた。手早く中身を見て、中学三年生当時のものを選び出した。

そこには、香月一家が破綻し、下駄箱に置かれた手紙によってその原因を知った時恵が亜矢子を憎むに至る経過が記されていた。

この部屋で時恵は、時おりこの日記を読み返し、亜矢子への復讐心を研ぎ澄ませ続けていたのかもしれない。

「これは、アヤには見せられないな」

ひと通り読み終えると、独り言を呟きながら自分のバッグにそっと隠した。

なぜ時恵に陥れられたのか分からない、と亜矢子は言った。どうせなら、そのままにしておいたほうがいい。

亜矢子には、今のままでいてほしい。かつてからは考えられないぐらい弱々しくなった、今のままで。

——わたしの憧れであり目標だった、クイーンのアヤ。

その言葉に嘘はなかった。中学時代、クイーンの鯉沢亜矢子は、プリンセスの泉尾志穂にとって、憧れであり目標でもあった。

そして何より、強烈な嫉妬の対象でもあった。

亜矢子をクイーンの座から引きずり下ろし、替わって自分がクイーンの座に就くにはどうすればいいか。表面では亜矢子を尊敬し付き従いながら、内心ではそればかり考えていた。

無論、亜矢子はそんなこととは気づかず、忠実な妹分として志穂を遇していた。それがまた腹立たしかった。

高校を卒業するまで、亜矢子はクイーンであり続けた。卒業しても、エスカレーター式に理奏館大学へ進んだ志穂は、安寧な道を蹴って東京の大学へ進学した亜矢子に対し、勝てないという思いを抱き続けた。大学を出て社会人になっても、親友の間柄とはいえ、相変わらず志穂は亜矢子の下位に甘んじていた。

だが、亜矢子の妊娠と休職で、初めて立場が逆転した。不本意な専業主婦生活に入った亜矢子に対し、志穂は社会人としてキャリアを積み続けた。

亜矢子に対する嫉妬が初めて消失した。自分が上位だという意識をキープしようとして懸命に虚勢を張る亜矢子が可愛くすら思えた。

あの気持ちのままでいたなら、時恵が罠《わな》を張っていることも素直に警告できただろう。

しかし、あのランチの日、誠哉を時恵に預けて一人の時間を謳歌する亜矢子を見た瞬間、嫉妬が甦った。

亜矢子はかつての輝きを取り戻し始めていた。結婚し、出産し、専業主婦を経験し、そしてまた一人の職業人としてキャリアを再開する。その転身を果たした時、亜矢子はもはや超えられない存在になってしまうだろう。

だから、言わなかった。時恵の覚悟を尊重したから、などというのはただのこじつけだ。亜矢子の人生が不幸の実を結ぶ。それを見たかっただけなのだ——本当に見ることになるとは思いもかけなかった、あの頃から。

中学生の頃、志穂は亜矢子を貶《おとし》めるために陰で小まめに画策していた。とはいえ、良くない噂話を流布《るふ》させるとか、亜矢子を快く思っていない生徒の敵対心を煽《あお》るとか、所詮その程度のことだった。

曰く、

——鯉沢亜矢子は、何かにつけて他人を見下す傲慢な女だ。

曰く、

——鯉沢亜矢子は、侍らせている取り巻き連中に対しても、少しでも気に入らない態度があればすぐ悪し様に罵るらしい。

自分を磨いて亜矢子を直接超えることは不可能だと分かっていた。だから、小さな悪意をばら撒《ま》くことで溜飲を下げていたのだ。

時恵の下駄箱に手紙を入れたのも、その一環に過ぎなかった。

時恵の父親が投資に失敗して経済的に困窮しつつあるらしい。そんな情報を教えてくれたのは誰だったか。もう覚えていない。志穂は亜矢子とは違い、同級生のあらゆる事情を把握すべく情報網を張り巡らしていたから、そのどこかに引っかかったのだ。

問題の投資案件を紹介したのが亜矢子の母親が勤める銀行の支店だったため、正人の失敗は亜矢子の親のせいだ、と志穂は手紙に書いたが、亜矢子の母親が直接担当していたかどうかは知らなかった。別にどちらでもいいと思って、当てずっぽうで書いた。

それを読んだ時恵がどの程度の悪意を亜矢子に対して抱くかは分からないが、どうせ匿名の手紙だから志穂に害が及ぶことはないし、何かを失うわけでもない。この種の手紙はそれまでにも何通か書いていた。

そういった手紙では、志穂はアナグラムのペンネームを使用していた。小説の新人賞に応募する際に、自分の地味な名前が嫌で考案したものだった。

氷見野潮。

IZUMIO　SHIHOを並べ替えたものだ。Zは使いにくかったので、横に倒して

Nにした。

時恵も、氷見野なる人物がどこの誰なのかは分からなかったろう。しかしそれでも、彼女は氷見野の手紙を真に受けた。

無論、父親が破綻した経緯を後になって調べ直すぐらいはしただろう。そして、かつて氷見野が手紙で教えてくれた経緯が本当に正しかったことを知ったはずだ——子どもらしい早合点で、銀行員である「クイーンの親」を父親のほうだと思い込んでいたことを除けば。

偽名の日野が氷見野に似ているのも、復讐心を抱くに至った契機を何かしら意識してのことだったのかも知れない。

志穂も、時恵の足跡を追うのに合わせて当時の経緯を洗い直し、かつて当てずっぽうで書いたことが実際にその通りだったと知って、いささか安堵した。

そして時恵は今、こうして志穂の前に横たわっている。志穂が、そして時恵自身が十数年前に抱いた望みを果たし終えて。

亜矢子は、時恵を殺した事実を隠しとおせるだろうか。

遺体を転居先へ送る作戦は一時しのぎに過ぎない。その後でどんな手立てを講じたところで、いずれは露見するだろう。

その時亜矢子は、時恵がかつての同級生で、なぜ自分が彼女の憎しみを受けたのかを知るだろう。だが、その憎しみを誰が発生させたのかは、知られたくない。

亜矢子は過去、志穂に対して協力を要請することはあっても、さっきのように救いを求めてきたことなど一度もなかった。

そのままの亜矢子でいてほしい。

志穂は段ボール箱の点検を続けた。氷見野潮が書いた手紙があれば回収するつもりだった。聡明な亜矢子が氷見野潮から泉尾志穂を導き出す危険の芽を摘むために。

手間のかかる作業だった。しかし、死体と同じ部屋にいるという恐怖や気味悪さは全く感じなかった。むしろ、静かに横たわっている時恵を、愛おしいとすら感じていた。

大半の箱を点検し終えた時、亜矢子から電話が入った。外はすっかり暗くなっていた。

「そろそろいいわ。でもなるべく人目につかないようにね」

志穂はそう指示した。

十五分ほどして、ノックの音がした。志穂がドアを開けると、亜矢子は真っ赤なスーツケースを大事そうに抱えて入ってきた。

「お疲れさま。さ、早く詰めないと。死後硬直が進むと大変よ」

志穂は亜矢子を促した。

「ええ……荷物、開けてたの？」

「この人とアヤとの関係を示すようなものがあったら処分しなきゃ、って思って、点検してたの」

「志穂……ありがとう。あたしのために、そんなことまで」

亜矢子は眼を潤ませて頭を垂れた。

その姿に、自信と矜持《きょうじ》に満ち溢れたクイーンの面影を見出すことはできなかった。かつて自分が蒔《ま》いた密かな悪意が十数年の時を経てついに亜矢子をその座から引きずり下ろしたことを志穂は明瞭に悟った。

「当然じゃない。アヤのためだもの」

慈愛を湛《たた》えた微笑みを浮かべて誇らしげに言い、志穂は亜矢子の肩をそっと抱いた。

解説――実力派作家を再発見するのに最適な一冊

村上貴史
（ミステリ書評家）

■井上剛

井上剛。

牛たちが突然変異し、思考能力や念波で人間とコミュニケーションする能力を獲得したという『さらば牛肉』で、二〇〇一年に第三回日本SF新人賞を獲得した作家である（受賞作は『マーブル騒動記』と改題されて二〇〇二年に刊行された）。二〇〇三年に刊行された第二作『死なないで』は、〝指さすだけで人を死なせることができる〟能力を得た一九歳の女性を主人公とした一冊だった。翌二〇〇四年には、響ケ丘音楽学校の新入生三人が、同校の歌劇団を撲滅しようとする勢力と闘う『響ヶ丘ラジカルシスターズ』というジュニア向けの小説を発表した。

と、ここまでは新人賞を獲得して、年に一冊の新刊刊行というまずまずのペースで創作活動を行ってきたが、その後は、年に一作程度、短篇を雑誌に発表するのみという、いってみればスローペースとなっていた。

その作品を読めば、実力が確かなものであることは明白なだけに、新作の刊行が待ち望まれていたのだが、とうとうその願いが叶《かな》ったのである。

そう、本書『悪意のクイーン』だ。

少々意外なことに、この新作はＳＦではなかった。『マーブル騒動記』や『死なないで』と通底するテーマを扱いつつ、ＳＦ的な設定を排除し、それを現実の日常のなかに溶かし込んで完成させた作品だった。仕掛けを考えればミステリに分類してもよかろう。それも、抜群の完成度の一冊として。

■クイーン

生後七ヶ月の子を持つ亜矢子。彼女の目下の苛立《いらだ》ちの原因のひとつは、育児に全くかかわろうとしない夫であった。亜矢子が風呂に入っているときに子どもが泣いても、彼はなにもせずに平然とテレビのスポーツニュースを眺め続けるのだ。〝君のほうがうまくやるから〟と。

いわゆるママ友、岩佐麻由も苛立ちの一因である。というよりもむしろ彼女が最大の原因といってもいい。亜矢子と価値観が全く異なるのに、たまたま妊娠時期と通った病院が一緒だったというだけで、麻由は〝友達〟として彼女の日常にズケズケと踏み込んできた。その結果、亜矢子は麻由を接点として、その取り巻きとも同じ時間を――無益で不愉快な時間を――過ごす羽目に陥る。

仕事のできる女として生きてきた亜矢子の日常は、出産休暇及び育児休暇で家で過ごすようになってから、こんな具合に変化してきた。不愉快な方向に……。

こうして亜矢子の苛立ちを第一章で読者に示したあと、著者の井上剛は、第二章では全く別の物語を読ませる。入学に高額な寄付金を要求する学園で過ごす女子中学生の日常だ。パパとママと弟と私。父親が事業に失敗したことを契機に、四人の幸福が徐々に壊れていく様が、「私」の視点を通じて、その発端から克明に描かれる。彼女が学園で辛い時間を過ごし始めたある日、彼女に一通の手紙が届けられた。父親の失敗の原因は、彼女の学年の〝クイーン〟にあるという告発状だった。

クイーン。家柄や成績、美貌など様々な要素を勘案し、「この学年では、総合的に見てこの人がナンバーワンだな」と皆が自然に認める者が、彼女の学園ではクイーンと呼ばれるのだ。そのクイーンの欲望が原因だと、告発状は明確に記していた……。

第三章以降は、この二人の女性の物語が交互に語られていく。彼女たちの日常がひたすらに壊れていく様《さま》が、それも予想だにしなかったかたちで崩れていく様が、実に刺激的かつ徹底的に、そして容赦なく描かれていくのだ。

そして〝十章〟まで読み終えた読者に、作者は最後に〝終章〟を提示する。〝第十一章〟ではなく、〝終章〟を。

終章が終章である意味はここには記さないが、なんとも重いピリオドである。そして、この二人の女性の物語を完結させるに相応《ふさわ》しいピリオドである。さらに、このピリオドによって、もう一つの物語が見えてくる。そう、この『悪意のクイーン』は、たくらみに満ちた一冊なのだ。

■読者

その終章まで読み進んだ読者は、自分が非常に「怖い本」を読んでしまったことに気付くだろう。

何故なら、本書を読むことで自分の心が試されるためだ。自分の誠意や愛情、あるいは良心などのポジティブな心が、この小説によって試されるのである。

読んでいる最中は、試されていることには気付かないかも知れない。二人の女性のストーリーを追うことに夢中になってしまうからだ。だが、終章を読んで全体が見えてきて、そのうえで自分がこの本のどこにどう感情移入していたのかを考えると（それを考えさせる終章なのだ）、自分の認識の甘さを――それはすなわち誠意や愛情や良心が一面的であるという恐怖を――痛感することになるのだ。つまり、自分ももしかすると〝あちら側〟に転ぶかもしれないという怖さである。あるいは、既に気付かぬうちに〝あちら側〟にいってしまっているかも知れないという恐怖だ。

この『悪意のクイーン』は、そうした恐怖を、理詰めで説明してそう思わせるのではなく、肉体的に実感させてくれる。主役二人のみならず、脇役を含め、登場人物たちがとことんきっちりと作られており、それ故に、読者はその誰かに思わず感情移入してしまう。登場人物の一挙手一投足を我が物として感じてしまうが故に、終章の衝撃がまさに我が身を襲うのである。

作中のエピソードの作り方も巧みで、それがまた感情移入を加速させる。本書に描かれた数々のエピソードでは、人の悪意や不誠実さ、あるいは無関心が、いかに安直に生み出されてくるのか、そしていかに安直であったとしても、そうした感情が人の心や生活を悲しいほどに深く傷付けていくのかが、十二分なリアリティで語られている。つまり、自分と周囲の人間の間で、悪意／不誠実／無関心といった感情がいつ発生しても不思議ではないと感じさせるほど、生々しく読ませるのだ。

それでありながら、筆には抑制がきいている。過激になる一歩手前で筆を抑え、嫌な話ではあるが、どこかしら上品さを感じさせる語りに仕上げているのだ。例えば第七章後半の亜矢子の状況など、過激に書こうと思えばいくらでも過激にできただろう。そうした描写であるが故に、終章がなおいっそうの説得力を持つのである。自分の感情を見つめさせられた読者は、下品を理由に言い逃れをすることができないのである。

なんとも怖い本なのである。

■喪失と女性

井上剛は、喪失を描く作家である。詳述は避けるが、まず『マーブル騒動記』がそうであった。『死なないで』では、命を喪失する様が幾重にも描かれている。『響ヶ丘ラジカルシスターズ』はさておき（こちらは、歌舞伎という芸術が現代では〝伝統芸能〟扱いされてしまっており、本来の居場所を失った状況を裏返しで綴った物語と読めなくもない）、本書では二人の女性が幸せを失っていく。喪失の哀しみを、井上剛はとことん誠実に描く。大げさに演出することもなく、かといって矮小化《わいしょうか》することもなく。そうした描写は、喪失と立ち向かう強さやきらめきをも、ときとして感じさせる（特に『マーブル騒動記』）。『悪意のクイーン』では、そうしたきらめきを徹底的に封印し、喪失すること／喪失させること、の痛みや重みを際立たせた。著者の新たな挑戦であり、成果であるといえよう。

そして井上剛はまた、女性と社会との関わりを描く作家でもある。例えば『マーブル騒動記』では、主人公とその妻の亀裂の原因に、妻が働くということを据えていた。牛を巡る騒動を描きながらも、その主人公を通じて、しっかりと女性と仕事の関わり（及びそれを男性側がどう認識するか）を語っていたのである。同様の題材は、第二作の『死なないで』でも扱われている。こちらの作品は女子大生が視点人物であり、父母、親戚などとの関わりを通じて、彼女は女性と仕事の関係についての認識を深めていく。〝死〟という重い題材を中心とした一作ではあるが、デビュー作同様、サブテーマとして女性が働くということが語られている。『響ヶ丘ラジカルシスターズ』は、闘う少女たちを通じて、宝塚歌劇団をモチーフとしたであろう女性歌劇団が自立を守っていく姿を描いている。もちろん井上剛は、彼女たちをしっかりと社会的存在として語っている。

そしてもちろん女王という言葉をタイトルに含む本書もそうだ。亜矢子がまさにその働く女性である。遣《や》り手を自任していた彼女を視点人物に据えたうえで、著者は彼女から仕事を取り上げた。そしてその代わりに望まぬ妊娠と出産によって家庭に一旦《いったん》入らなければならなくなるという状況を与えたのだ。あるいは、会社組織に属して行う仕事以外の仕事を見せたりもしている。同時に、自分で働くのではなく、夫やその親の金で遊ぶ女性を登場させ、亜矢子と対比させたりもしている。それらを通じて女性の幸せとは何かを多面的に検証した作品ともいえるのだ。

ちなみに『死なないで』と本書には、もう一つ大きな共通点がある。第二作のタイトルは、病に倒れた母に対し、主人公が抱いた「この女を殺すのは私。病気で死ぬなんて、絶対に許さない」という気持ちを表現したものであるが（少なくとも表面的にはそうだ）、同種の深い想いが、本書でも描かれているのである。そうした想いが、『死なないで』と『悪意のクイーン』でどのように描き分けられたかを読んでみるのも興味深いはずだ。

かくも読みどころの多い新作『悪意のクイーン』は、日本の読書界が井上剛という作家を再発見する一冊になるに違いない。前回の午年《うま》にデビューした実力派の作家を、この二〇一四年という午年に再発見するのだ。丑年《うし》だったら完璧なのだが、まあ、そこまで贅沢《ぜいたく》はいうまい。この才能を『悪意のクイーン』で知ることができれば、それだけで十分に幸せなのだから。

二〇一四年一月

この作品は徳間文庫のために書下されました。
なお本作品はフィクションであり実在の個人・団体などとは一切関係がありません。

徳間文庫

悪意《あくい》のクイーン

2014年2月15日 初刷
2019年7月25日 8刷

著者 井上《いのうえ》剛《つよし》

発行者 平野健一
発行所 株式会社徳間書店
東京都品川区上大崎三—一—一 〒141—8202
目黒セントラルスクエア
電話 編集〇三(五四〇三)四三四九
販売〇四九(二九三)五五二一
振替 〇〇一四〇—〇—四四三九二
印刷 本郷印刷株式会社
製本 ナショナル製本協同組合

ISBN978-4-19-893791-1 (乱丁、落丁本はお取りかえいたします)